Collection dirigé

Victor HUGO

une œuvre

QUATREVINGT-TREIZE

un thème

LA RÉVOLUTION FRANÇAISE

H. DE BALZAC, A. MNOUCHKINE, MICHELET,
BARBEY D'AUREVILLY, A. FRANCE

présentation d'Élisabeth Coulon et Béatrice Grange

PROFESSEURS DE LETTRES

ISBN 2-218-**01705**-9

La Révolution

LES AUTEURS ET LES TEXTES

française

LES GRANDS THÈMES DE RÉFLEXION, D'IMAGINATION ET D'EXPRESSION

Documentons-nous :

La guerre en Vendée : la guerre d'embuscade, 34 ; les communications codées des chouans, 35 ; insignes, 36 ; chefs de guerre blancs et bleus, 59 ; les conscrits de l'an II, 76 ; chants de combat, 77 ; la guillotine, 99, 144.

Enquêtons et réfléchissons :

Le poids des traditions en Vendée, 18 ; l'armée républicaine et les sections révolutionnaires, 18 ; les chefs de la chouannerie, 24 ; les colonnes infernales, 36 ; « la patrie en danger » et la Terreur, 44 ; les blancs et les armées étrangères, 52 ; les articles de journaux, 86 ; les idées des « lumières », 92 ; V. Hugo, les droits de l'homme et la peine de mort, 99 ; le comique et la mise en scène, 112 ; le 14 juillet 1789, 121 ; la mission du poète, 143.

Comparons :

Travail de comparaison avec d'autres textes de V. Hugo et d'autres auteurs : 69, 70, 75, 93, 101, 119, 131, 143.

Exprimons-nous :

Question de mots et malentendus, 18 ; transposons pour le théâtre et jouons, 44, 113 ;
Écrivons un scénario pour le cinéma, 52 ; rédigeons un dialogue, 60 ; réalisons un montage audio-visuel, 79 ; décrivons une catastrophe naturelle, 86 ; un débat intérieur, 93.

Rédigeons :

Le personnage de Gauvain, 43 ; les suffixes, 58 ; l'emploi de « si », 69 ; la métaphore, 78.

LES ORIGINES DE « QUATREVINGT-TREIZE »

Victor Hugo (1802-1885) : le projet d'écrire un roman sur la Révolution

Quatrevingt-treize, publié en 1874, est le dernier roman de Victor Hugo.

Écrire un roman historique sur la Révolution, et plus particulièrement sur la guerre de Vendée, représente pour Victor Hugo un très vieux projet, mûri tout au long de sa vie ; c'est aussi une affaire personnelle. Son père et sa mère se sont connus en Vendée :

> « Mon père vieux soldat, ma mère vendéenne »,

ainsi présentait-il ses parents dans un poème de jeunesse, publié en 1831, dans le recueil *Feuilles d'automne.*

Sa mère, Sophie Trébuchet, est d'une famille nantaise catholique et royaliste ; peut-être n'est-elle pas aussi « vendéenne » et « brigande » que l'a affirmé Victor Hugo pour embellir le contraste entre ses deux parents, mais, assurément, de cœur et d'opinion, elle est du côté des « blancs ».

Son père est un « bleu » ; à vingt ans, en 1792, il combat dans l'armée du Rhin, et en 1793 il est envoyé en Vendée avec son bataillon. Victor Hugo souligne cet événement en s'adressant exceptionnellement à la première personne aux lecteurs de *Quatrevingt-treize* :

> « Cette guerre, mon père l'a faite, et j'en puis parler. »

Écrire un livre sur le déchirement de la république et de la Vendée, c'est donc pour Victor Hugo une affaire intime, le signe de sa double origine « blanche » et « bleue » ; c'est aussi un témoignage sur son évolution personnelle car, d'ultraroyaliste qu'il est dans sa prime jeunesse, il en vient assez vite à modérer ses sentiments exaltés pour la cause vendéenne, puisqu'il se présente ainsi dans le *Journal d'un révolutionnaire de 1830* :

> « J'admire encore La Rochejaquelein, Lescure, Cathelineau, Charette même ; je ne les aime plus. Le sentiment

> de respect que m'inspire la Vendée n'est plus chez moi qu'une affaire d'imagination et de vertu. Je ne suis plus vendéen de cœur, mais d'âme seulement. »
>
> Publié dans *Littérature et philosophie mêlées,* 1834.

Par la suite, il adoptera et défendra le point de vue républicain. On sait que ses convictions républicaines l'amèneront à vivre dix-huit ans d'exil, de 1852 à 1870, en protestation contre le coup d'État de Louis Napoléon Bonaparte et le régime du second Empire.

Pour son roman *Quatrevingt-treize,* Victor Hugo a longuement travaillé et réfléchi ; il a rassemblé une importante documentation sur la période de la Révolution, il a lu les historiens, comme Louis Blanc ou Michelet, ainsi que les mémorialistes de la chouannerie, telle que la marquise de La Rochejaquelein ; mais il se sent d'abord écrasé devant l'ampleur et la gravité de son sujet. Quand il commence la rédaction de son roman, en 1863, il annonce à son éditeur :

> « Je suis au seuil d'un très grand ouvrage à faire. J'hésite devant l'immensité, qui en même temps m'attire. C'est 93 » ;

et à son ami Paul Meurice il écrit, d'autre part :

> « Je suis un peu vieux pour mettre en mouvement ces montagnes, et quelle montagne ! La Montagne elle-même ! 93 ! »

Victor Hugo commence plusieurs fois ses manuscrits, s'interrompt, s'attache aussi, dans la même période, à d'autres œuvres ; il en viendrait presque à abandonner ce projet ; mais, brutalement, la pression des événements politiques de 1870-1871 lui redonne à la fois le sentiment de l'urgence et l'inspiration : avec l'insurrection de la Commune, l'idée révolutionnaire est redevenue palpable ; des débats vieux de près d'un siècle ont retrouvé une brûlante actualité ; Victor Hugo n'adhère pas à toutes les thèses ni à toutes les méthodes des « communards », mais il ne tolère pas la brutalité de la répression qui s'abat sur eux ; sans balancer, il choisit son camp, aide des condamnés, soutient des proscrits ; il n'admet pas que « l'horreur », quelle qu'elle soit, puisse devenir « la force ». Les interrogations graves qu'il se pose à propos de la

Commune sont les mêmes que celles qu'il s'est déjà posées à propos de la Révolution ; il écrit en 1871 :

> « Toute ma pensée oscille entre ces deux pôles : CIVILISATION, RÉVOLUTION. Quand la liberté est en péril, je dis : Civilisation, mais Révolution. Quand c'est l'ordre qui est en danger, je dis : Révolution, mais Civilisation. »

Victor Hugo s'était longtemps fait un devoir d'écrire un roman sur la Révolution ; après le choc de la Commune, les espoirs déçus, l'horreur de la répression, et, pour lui-même, un nouvel exil, c'est désormais une inspiration irrésistible qui l'entraîne : *Quatrevingt-treize* est rédigé en moins de six mois, à Guernesey, entre le 25 décembre 1872 et le 9 juin 1873.

« 1793 » : le choix de cette date, et la signification du roman

L'année 1793 est, pour Victor Hugo, l'année critique de la Révolution, l'année où la république est en danger de mort :

> « 93 est la guerre de l'Europe contre la France et de la France contre Paris. Et qu'est-ce que la Révolution ? C'est la victoire de la France sur l'Europe et de Paris sur la France. De là, l'immensité de cette minute épouvantable, 93, plus grande que tout le reste du siècle.
>
> Rien de plus tragique, l'Europe attaquant la France et la France attaquant Paris. Drame qui a la stature de l'épopée.
>
> 93 est une année intense. L'orage est là dans toute sa colère et dans toute sa grandeur. »

Victor Hugo, *Quatrevingt-treize*, deuxième partie, « A Paris », Livre premier, Cimourdain, ch. II.

Victor Hugo s'attache dans tout le roman à montrer que toute violence entraîne une autre violence, que toute terreur est la riposte à une autre terreur ; dans la guerre civile qui amène le peuple à se déchirer, paysans chouans contre soldats bleus, il semble éprouver autant de compréhension et de compassion pour les uns que pour les autres, et cherche plus loin les responsabilités de la déchirure ; en revanche, il dénonce sans complaisance les abus de l'ancien régime, les siècles d'oppression et de terreurs accumulées, qui n'ont pas permis d'autre riposte qu'une autre Terreur.

Le sens du roman de Victor Hugo est assez clair ; sans justifier la Terreur, il l'explique, et il prend le parti de la république, ou, plus largement, le parti de l'humanité. Sans accabler les paysans bretons dont il montre à quel point ils sont exploités depuis des siècles par leurs seigneurs, fanatisés par leurs curés, simples jouets entre les mains des aristocrates, il déclare que, sur le fond, cette fois-ci, la Vendée « a eu tort ». Il présente, vis-à-vis des « chouans », des « bleus », des soldats de la république qui sont des hommes conscients de préparer un avenir différent et qui mènent avec détermination le combat du progrès contre l'obscurantisme[1].

Et pourtant, ce roman qui, indubitablement, défend une thèse favorable au parti républicain, réussit à ne pas être manichéen[2] ; prenons-en pour exemple le geste de très grande humanité accompli par Lantenac, l'aristocrate réactionnaire, que l'on croyait inaccessible à la pitié, et incapable de remettre en cause le succès de ses projets ; remarquons aussi combien, à l'intérieur du même camp révolutionnaire, les héros sont divisés : Cimourdain, l'inexorable, et Gauvain, le clément, confrontent inlassablement leurs visions de l'avenir ; leur idéal commun, et leur très grande amitié, ne les empêchent pas de s'affronter âprement ; les questions reviennent toujours : Quelle révolution faisons-nous ? Quelle humanité préparons-nous ? Quelle société ? Quelle morale ? Quel avenir ?

Les guerres de l'Ouest

L'Ouest n'a pas été la seule région de France à réagir lors des bouleversements provoqués par la Révolution ; un peu partout, et dès 1790, on a vu les gens des campagnes se dresser tantôt contre les nobles, tantôt contre les patriotes des bourgades. A partir de 1793, quand la Révolution s'est durcie, la crainte d'une dictature parisienne a même suscité en province des mouvements de protestation qui ont pris la forme d'une véritable insurrection à Caen, Bordeaux, Lyon, Marseille ; les

---

1. *Obscurantisme :* système qui maintient volontairement les humbles dans l'ignorance, pour mieux les opprimer.

2. *Manichéen :* qui a tendance à opposer de manière systématique ce qui serait entièrement bon à ce qui serait entièrement mauvais.

soulèvements des départements de l'Ouest devinrent d'une telle ampleur que le terme de « Vendée » est devenu synonyme de « Contre-Révolution », désignant aussi bien la chouannerie de Normandie et de Bretagne que la guerre de Vendée.

Les dispositions prises par l'Assemblée à partir de 1790 ont modifié profondément les habitudes de vie dans l'Ouest : quand la Bretagne perd son statut de province isolée du reste du pays, bien des avantages liés à cette situation disparaissent pour les habitants de ces régions : par exemple, la contrebande du sel qui faisait vivre « faux sauniers »[3] et « gabelous »[4], n'a plus de raison d'être ; d'autre part, les décrets sur « la Constitution civile du clergé »[5] sont particulièrement mal acceptés dans ces départements très catholiques ; les prêtres « assermentés » prêchent dans des églises vides, tandis que les prêtres « réfractaires » maintiennent clandestinement leur influence sur la population, et exploitent le sentiment religieux des paysans.

Quelques révoltes, encouragées par les nobles, ou dirigées par des paysans comme Jean Cottereau, dit Jean Chouan, et ses frères, éclatent, ici et là, à l'occasion du bannissement des « bons prêtres » en septembre 1792, de l'abolition de la monarchie, et de l'exécution de Louis XVI ; le mécontentement est à son comble lorsqu'arrive la nouvelle du décret du 24 février 1793 qui ordonne à travers tout le territoire la levée de 300 000 hommes.

Le 2 mars 1793, jour de marché à Cholet, les paysans manifestent contre cette levée ; les représentants de la république sont agressés ; c'est le début de la guerre civile. Ces scènes se répètent un peu partout dans les villes et les bourgs de l'Ouest ; le tocsin sonne ; les paysans qui refusent de s'enrôler dans les armées de la république prennent les armes contre la Révolution, pour Dieu et pour le Roi : la guerre de Vendée est née.

---

3. *Faux sauniers* : ceux qui pratiquent la contrebande du sel.
4. *Gabelous* : contrôleurs chargés de réprimer la contrebande et de faire respecter l'impôt sur le sel.
5. *Constitution civile du clergé* : décret du 12 juillet 1790 qui modifie le statut de l'Église de France, et la subordonne à l'État ; les membres du clergé doivent désormais prêter serment de fidélité à la nation (prêtres « assermentés ») ; ceux qui s'y refusent sont poursuivis comme prêtres « réfractaires ».

PREMIÈRE PARTIE

Victor Hugo

QUATREVINGT-TREIZE

G. Brion, Le sergent Radoub,
Maison de Victor Hugo, Paris.

1. LES ENFANTS DU BATAILLON DU BONNET-ROUGE

Un matin de mai 1793, un bataillon de soldats républicains avance avec précaution dans le bois de la Saudraie, en Astillé, forêt épaisse, et terrifiante pour les bleus ; c'est dans ces profondeurs qu'ont commencé les premières manifestations de la guerre civile, en 1792 ; les chouans y sont chez eux, et les bleus ont toutes les raisons de craindre encore une embuscade.

Une petite troupe de trente grenadiers, le sergent Radoub à leur tête, est envoyée en avant-garde pour inspecter les taillis ; à un tressaillement, les éclaireurs devinent la présence de quelqu'un qui se cache : ils redoutent un piège des chouans ; immédiatement ils s'apprêtent à tirer... La vivandière[1] du bataillon arrête leur geste : elle a eu la curiosité de scruter à travers les broussailles, et elle a pu voir que cet « ennemi » n'est qu'une pauvre jeune femme, assise sur la mousse, qui tient, blottis contre elle, trois petits enfants.

On entoure la Bretonne, on l'interroge, on lui demande son nom.

La femme murmura dans un bégaiement presque indistinct :

— Michelle Fléchard.

Cependant la vivandière caressait avec sa grosse main la petite tête du nourrisson.

— Quel âge a ce môme ? demanda-t-elle.

La mère ne comprit pas. La vivandière insista.

— Je vous demande l'âge de ça.

— Ah ! dit la mère, dix-huit mois.

— C'est vieux, dit la vivandière. Ça ne doit plus téter. Il faudra me sevrer[2] ça. Nous lui donnerons de la soupe.

---

1. *Vivandière* : femme qui suivait les armées pour vendre aux soldats vivres, boissons, objets de nécessité.

2. *Sevrer* : cesser progressivement d'allaiter pour donner une nourriture solide.

La mère commençait à se rassurer. Les deux petits qui s'étaient réveillés étaient plus curieux qu'effrayés. Ils admiraient les plumets[3].

— Ah ! dit la mère, ils ont bien faim.

Et elle ajouta :

— Je n'ai plus de lait.

— On leur donnera à manger, cria le sergent, et à toi aussi. Mais ce n'est pas tout ça. Quelles sont tes opinions politiques ?

La femme regarda le sergent et ne répondit pas.

— Entends-tu ma question ?

Elle balbutia :

— J'ai été mise au couvent toute jeune, mais je me suis mariée, je ne suis pas religieuse. Les sœurs m'ont appris à parler français. On a mis le feu au village. Nous nous sommes sauvés si vite que je n'ai pas eu le temps de mettre des souliers.

— Je te demande quelles sont tes opinions politiques ?

— Je ne sais pas ça.

Le sergent poursuivit :

— C'est qu'il y a des espionnes. Ça se fusille, les espionnes. Voyons. Parle. Tu n'es pas bohémienne ? Quelle est ta patrie ?

Elle continua de le regarder comme ne comprenant pas. Le sergent répéta :

— Quelle est ta patrie ?

— Je ne sais pas, dit-elle.

— Comment, tu ne sais pas quel est ton pays ?

— Ah ! mon pays. Si fait.

— Eh bien, quel est ton pays ?

La femme répondit :

— C'est la métairie[4] de Siscoignard, dans la paroisse d'Azé.

Ce fut le tour du sergent d'être stupéfait. Il demeura un moment pensif, puis il reprit :

— Tu dis ?

— Siscoignard.

— Ce n'est pas une patrie, ça.

— C'est mon pays.

---

3. *Plumet :* touffe de plumes garnissant une coiffure et spécialement une coiffure militaire.

4. *Métairie :* ferme.

Et la femme, après un instant de réflexion, ajouta :

— Je comprends, monsieur... Vous êtes de France, moi je suis de Bretagne.

— Eh bien ?

— Ce n'est pas le même pays.

— Mais c'est la même patrie ! cria le sergent.

La femme se borna à répondre :

— Je suis de Siscoignard.

— Va pour Siscoignard, repartit le sergent. C'est de là qu'est ta famille ?

— Oui.

— Que fait-elle ?

— Elle est toute morte. Je n'ai plus personne. [...]

— Es-tu des bleus[5] ? Es-tu des blancs[6] ? Avec qui es-tu ?

— Je suis avec mes enfants.

Il y eut une pause. La vivandière dit :

— Moi, je n'ai pas eu d'enfants. Je n'ai pas eu le temps.

Le sergent recommença.

— Mais tes parents ! Voyons, madame, mets-nous au fait de tes parents. Moi, je m'appelle Radoub ; je suis sergent, je suis de la rue du Cherche-Midi[7] ; mon père et ma mère en étaient, je peux parler de mes parents. Parle-nous des tiens. Dis-nous ce que c'était que tes parents.

— C'étaient les Fléchard. Voilà tout.

— Oui, les Fléchard sont les Fléchard, comme les Radoub sont les Radoub. Mais on a un état[8]. Quel était l'état de tes parents ? Qu'est-ce qu'ils faisaient ? Qu'est-ce qu'ils font ? Qu'est-ce qu'ils fléchardaient, tes Fléchard ?

— C'étaient des laboureurs. Mon père était infirme et ne pouvait travailler à cause qu'il avait reçu des coups de bâton que le seigneur, son seigneur, notre seigneur, lui avait fait donner, ce qui était une bonté, parce que mon père avait pris un lapin, pour le fait de quoi on était jugé à mort ; mais le seigneur avait fait grâce et avait dit : Donnez-lui seulement cent coups de bâton ; et mon père était demeuré estropié.

5. *Les bleus :* les républicains.
6. *Les blancs :* les royalistes.
7. *Rue du Cherche-Midi :* rue de Paris.
8. *État :* métier.

— Et puis ?

— Mon grand-père était huguenot[9]. Monsieur le curé l'a fait envoyer aux galères. J'étais toute petite.

— Et puis ?

— Le père de mon mari était un faux saunier[10]. Le roi l'a fait pendre.

— Et ton mari, qu'est-ce qu'il fait ?

— Ces jours-ci, il se battait.

— Pour qui ?

— Pour le roi.

— Et puis ?

— Dame, pour son seigneur.

— Et puis ?

— Dame, pour monsieur le curé.

— Sacré mille noms de noms de brutes ! cria un grenadier. [...]

— Tais-toi. Tu as fait peur à madame. On ne jure pas devant les dames.

— C'est que c'est tout de même un véritable massacrement pour l'entendement d'un honnête homme, répliqua le grenadier, que de voir des iroquois[11] de la Chine qui ont eu leur beau-père estropié par le seigneur, leur grand-père galérien par le curé et leur père pendu par le roi, et qui se battent, nom d'un petit bonhomme ! et qui se fichent en révolte et qui se font écrabouiller pour le seigneur, le curé et le roi ! [...]

— Grenadier, dit le sergent, nous ne sommes pas ici au club de la section des Piques[12]. Pas d'éloquence.

Et il se tourna vers la femme.

— Et ton mari, madame ? Que fait-il ? Qu'est-ce qu'il est devenu ?

— Il est devenu rien, puisqu'on l'a tué.

— Où ça ?

— Dans la haie.

— Quand ça ?

— Il y a trois jours.

— Qui ça ?

---

9. *Huguenot* : protestant.
10. *Faux saunier* : qui se livre à la contrebande du sel.
11. *Iroquois* : indiens d'Amérique.
12. *Section des Piques* : la section à laquelle appartient le grenadier ; de 1790 à 1795, Paris est divisé en 48 sections ; d'abord simples circonscriptions électorales, elles deviennent à partir de 1792 des organismes politiques permanents, lieux de débats et d'activités révolutionnaires.

— Je ne sais pas.

— Comment, tu ne sais pas qui a tué ton mari ?

— Non.

— Est-ce un bleu ? Est-ce un blanc ?

— C'est un coup de fusil.

— Et il y a trois jours ?

— Oui.

— De quel côté ?

— Du côté d'Ernée. Mon mari est tombé. Voilà.

— Et depuis que ton mari est mort, qu'est-ce que tu fais ?

— J'emporte mes petits.

— Où les emportes-tu ?

— Devant moi.

— Où couches-tu ?

— Par terre.

— Qu'est-ce que tu manges ?

— Rien.

Le sergent eut cette moue militaire qui fait toucher le nez par les moustaches.

— Rien ?

— C'est-à-dire des prunelles, des mûres dans les ronces, quand il y en a de reste de l'an passé, des graines de myrtille, des pousses de fougère.

— Oui. Autant dire rien.

L'aîné des enfants, qui semblait comprendre, dit : J'ai faim.

Le sergent tira de sa poche un morceau de pain de munition[13] et le tendit à la mère. La mère rompit le pain en deux morceaux et les donna aux enfants. Les petits mordirent avidement.

— Elle n'en a pas gardé pour elle, grommela le sergent. [...]

— Et comme ça, madame, tu te sauves ?

— Il faut bien.

— A travers champs, va comme je te pousse ?

— Je cours de toutes mes forces, et puis je marche, et puis je tombe.

— Pauvre paroissienne[14] ! dit la vivandière.

---

13. *Pain de munition* : pain en forme de boule, fourni aux soldats.

14. *Paroissienne* : qui appartient à une paroisse ; ici, au sens large, pauvre femme.

— Les gens se battent, balbutia la femme. Je suis tout entourée de coups de fusil. Je ne sais pas ce qu'on se veut. On m'a tué mon mari. Je n'ai compris que ça.

Le sergent fit sonner à terre la crosse de son fusil, et cria :

— Quelle bête de guerre ! nom d'une bourrique !

La femme continua :

— La nuit passée, nous avons couché dans une émousse.

— Tous les quatre ?

— Tous les quatre.

— Couché ?

— Couché.

— Alors, dit le sergent, couché debout.

Et il se tourna vers les soldats :

— Camarades, un gros vieux arbre creux et mort où un homme peut se fourrer comme dans une gaine, ces sauvages appellent ça une émousse. Qu'est-ce que vous voulez ? Ils ne sont pas forcés d'être de Paris.

— Coucher dans le creux d'un arbre ! dit la vivandière, et avec trois enfants !

— Et, reprit le sergent, quand les petits gueulaient, pour les gens qui passaient et qui ne voyaient rien du tout, ça devait être drôle d'entendre un arbre crier : *Papa, maman !*

— Heureusement c'est l'été, soupira la femme.

Elle regardait la terre, résignée, ayant dans les yeux l'étonnement des catastrophes.

Les soldats silencieux faisaient cercle autour de cette misère.

Une veuve, trois orphelins, la fuite, l'abandon, la solitude, la guerre grondant tout autour de l'horizon, la faim, la soif, pas d'autre nourriture que l'herbe, pas d'autre toit que le ciel.

Le sergent s'approcha de la femme et fixa ses yeux sur l'enfant qui tétait. La petite quitta le sein, tourna doucement la tête, regarda avec ses belles prunelles bleues l'effrayante face velue, hérissée et fauve qui se penchait sur elle, et se mit à sourire.

Le sergent se redressa et l'on vit une grosse larme rouler sur sa joue et s'arrêter au bout de sa moustache comme une perle.

Il éleva la voix :

— Camarades, de tout ça je conclus que le bataillon va devenir père. Est-ce convenu ? Nous adoptons ces trois enfants-là.

— Vive la République ! crièrent les grenadiers.

— C'est dit, fit le sergent.

Et il étendit les deux mains au-dessus de la mère et des enfants.

— Voilà, dit-il, les enfants du bataillon du Bonnet-Rouge.

Première partie, livre premier,
« Le bois de la Saudraie ».

Comprenons le texte

1. Quelle est la première réaction de la vivandière et des soldats ? Vis-à-vis de la femme ? Vis-à-vis des enfants ?

2. A partir de : « Mais ce n'est pas tout ça... » (l. 18), étudiez le changement de ton. Quelle impression les bleus retirent-ils de leur interrogatoire ?

3. Michelle Fléchard répond-elle bien aux questions posées ? Expliquez : « Je ne sais pas ça » (l. 28) ; étudiez le malentendu sur les mots « patrie » et « pays ». Comment comprenez-vous la remarque : « Vous êtes de France, moi je suis de Bretagne » (l. 48-49) ?

4. Par quels termes s'expriment la stupéfaction et l'indignation des bleus quand ils découvrent le décalage qui existe entre eux et les paysans de Bretagne ? (Relevez le vocabulaire, les effets de ponctuation, les exclamations, etc.)

5. Qu'est-ce qui provoque un changement d'attitude chez les soldats et les amène à la décision d'adopter les trois enfants ? Par quels termes et quelles attitudes cette adoption prend-elle un caractère solennel ?

6. Michelle Fléchard est, pour Victor Hugo, représentative de la paysannerie bretonne ; en vous appuyant sur tout le passage, expliquez sa mentalité.

7. Montrez que Victor Hugo fait de Michelle Fléchard un symbole de toutes les misères qui accablent les pauvres, les faibles, les victimes de la guerre.

8. Quel est le sentiment dominant de Michelle Fléchard ? Comment s'exprime-t-il par ses gestes ? Expliquez : « Je suis avec mes enfants » (l. 61).

Enquêtons

1. Les malheurs subis par les membres de la famille Fléchard sont-ils une exagération de Victor Hugo, ou reflètent-ils une réalité de l'ancien régime ?

2. Enquêtez sur les privilèges des seigneurs, des prêtres, du roi. A quelle date fut proclamée l'abolition des privilèges ?

3. Retrouvez dans un livre d'Histoire, ou un atlas historique, le tracé des 48 sections parisiennes. Quelles remarques pouvez-vous faire sur le choix des noms, ou les changements de noms ? Quel rôle ont joué les sections pendant la période révolutionnaire ?

4. Comment s'est constituée l'armée républicaine ? Par quels décrets est-on passé entre 1792 et 1794 d'une armée de métier, telle qu'elle pouvait exister sous l'ancien régime, à une armée nationale de plus d'un million d'hommes ?

Exprimons-nous

Il est fréquent que, dans un groupe (camarades, famille, réunion politique, etc.), on se comprenne mal. L'on en vient alors à se disputer pour une question de mots.
Vous avez vu, par exemple, que Michelle Fléchard et les bleus ne mettent pas la même chose sous les mots de « pays » ou de « patrie ». Vous pouvez faire la liste de bien d'autres mots qui recouvrent, pour ceux qui les emploient, des réalités différentes.
Rédigez le dialogue du malentendu (dans votre scène, on se disputera par exemple sur les mots : « effort, voyou, courage, éducation, égalité, privilège, mérite, racisme, bourgeois, aventure »...).

2. LA VENDÉE A UNE TÊTE

Dans une baie déserte de l'île de Jersey, au soir du 1er juin 1793, une corvette[1], la Claymore, *se prépare à appareiller ; la flottille anglaise à laquelle elle appartient est commandée par le prince de La Tour-d'Auvergne qui l'a détachée pour une mission spéciale ; les marins sont français et un demi-bataillon d'infanterie de marine a été incorporé à l'équipage.*

Un vieillard, vêtu en paysan breton, vient de s'y embarquer ; mais, aux égards dont il est entouré, les marins comprennent que « ce paysan n'[est] pas plus un paysan que la corvette de guerre n'[est] une corvette de charge[2] *».*

Le navire, en se tenant à l'écart des routes surveillées, fait voile vers le littoral de Saint-Malo lorsqu'un accident se produit : par suite de la négligence du chef de pièce, une caronade[3] *mal amarrée s'est détachée et se met, par ses mouvements violents, à provoquer d'énormes dégâts dans l'entrepont*[4] *; allant et venant d'un bord à l'autre, elle fracasse tout sur son passage ; il est impossible de l'arrêter ; l'angoisse est à son comble ; tous assistent impuissants à la destruction du navire Le canonnier responsable de la négligence engage alors une lutte titanesque avec l'énorme machine, lutte dont il ne sortira vainqueur que grâce à l'aide ultime du « vieux passager ».*

L'homme avait vaincu, mais on pouvait dire que le canon avait vaincu aussi. Le naufrage immédiat était évité, mais la corvette n'était point sauvée. Le délabrement du navire paraissait irrémédiable. Le bordage[5] avait cinq brèches, dont une fort

1. *Corvette :* navire de guerre plus petit que la frégate.
2. *Corvette de charge :* qui transporte des marchandises.
3. *Caronade :* pièce d'artillerie de marine.
4. *Entrepont :* étage compris entre les deux ponts d'un navire.
5. *Bordage :* les flancs du navire.

Les lieux du roman

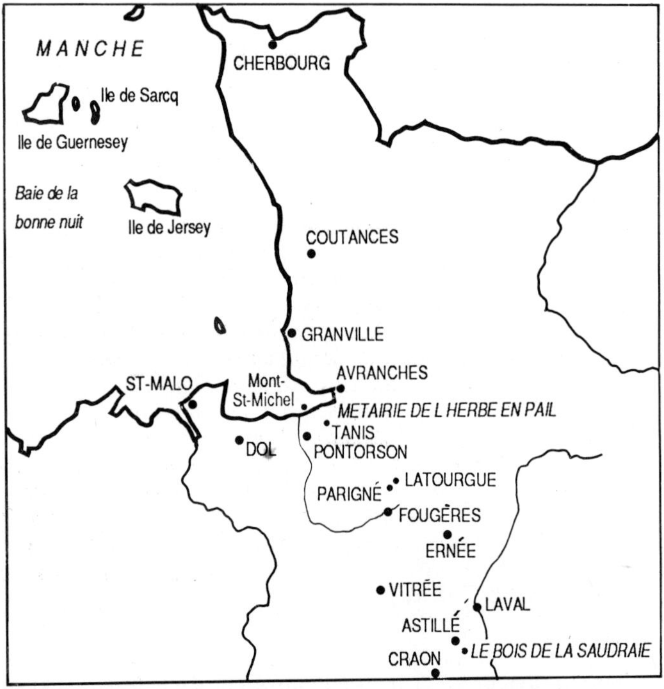

Le lecteur de Quatrevingt-treize *rencontrera presque toujours sous la plume de Victor Hugo le mot : « la Vendée ».*

Or, comme le montre clairement cette carte des principaux lieux du roman, toute l'action se déroule entre la Bretagne et la Normandie ; il ne s'agit donc pas de la région géographique.

Sous le terme général de « Vendée », Victor Hugo, comme la plupart des historiens, mémorialistes ou romanciers, fait l'amalgame de toutes les manifestations d'insurrections contre-révolutionnaires qui se sont déroulées dans les départements de l'Ouest : guerres de Vendée et chouannerie bretonne confondues.

grande à l'avant ; vingt caronades sur trente gisaient dans leur cadre. La caronade ressaisie et remise à la chaîne était elle-même hors de service ; la vis du bouton de culasse[6] était forcée, et par conséquent le pointage[7] impossible. La batterie était réduite à neuf pièces. La cale faisait eau. Il fallait tout de suite courir aux avaries et faire jouer les pompes.

L'entrepont, maintenant qu'on le pouvait regarder, était effroyable à voir. Le dedans d'une cage d'éléphant furieux n'est pas plus démantelé.

Quelle que fût pour la corvette la nécessité de ne pas être aperçue, il y avait une nécessité plus impérieuse encore, le sauvetage immédiat. Il avait fallu éclairer le pont par quelques falots[8] plantés çà et là dans le bordage.

Cependant, tout le temps qu'avait duré cette diversion tragique, l'équipage étant absorbé par une question de vie ou de mort, on n'avait guère su ce qui se passait hors de la corvette. Le brouillard s'était épaissi ; le temps avait changé ; le vent avait fait du navire ce qu'il avait voulu ; on était hors de route, à découvert[9] de Jersey et de Guernesey, plus au sud qu'on ne devait l'être ; on se trouvait en présence d'une mer démontée. De grosses vagues venaient baiser les plaies béantes de la corvette, baisers redoutables. Le bercement de la mer était menaçant. La brise devenait bise. Une bourrasque, une tempête peut-être, se dessinait. On ne voyait pas à quatre lames devant soi.

Pendant que les hommes d'équipage réparaient en hâte et sommairement les ravages de l'entrepont, aveuglaient[10] les voies d'eau et remettaient en batterie[11] les pièces échappées au désastre, le vieux passager était remonté sur le pont.

Il s'était adossé au grand mât.

Il n'avait point pris garde à un mouvement qui avait eu lieu dans le navire. Le chevalier de La Vieuville[12] avait fait mettre en bataille des deux côtés du grand mât les soldats d'infanterie de marine, et, sur un coup de sifflet du maître d'équipage, les matelots occupés à la manœuvre s'étaient rangés debout sur les vergues[13].

---

6. *Culasse* : pièce à l'arrière du canon.
7. *Pointage* : action de viser.
8. *Falots* : lanternes, fanaux.
9. *A découvert de* : exposé au vent ; le navire n'est plus protégé par les îles.
10. *Aveuglaient* : bouchaient.
11. *Remettaient en batterie* : remettaient en service les pièces d'artillerie.
12. *La Vieuville* : le second du navire.
13. *Vergues* : longues pièces de bois disposées perpendiculairement aux mâts, et auxquelles sont fixées les voiles.

Le comte du Boisberthelot[14] s'avança vers le passager.

Derrière le capitaine marchait un homme hagard, haletant, les habits en désordre, l'air satisfait pourtant.

C'était le canonnier qui venait de se montrer si à propos dompteur de monstres, et qui avait eu raison du canon.

Le comte fit au vieillard vêtu en paysan le salut militaire, et lui dit :

— Mon général, voilà l'homme.

Le canonnier se tenait debout, les yeux baissés, dans l'attitude d'ordonnance[15].

Le comte du Boisberthelot reprit :

— Mon général, en présence de ce qu'a fait cet homme, ne pensez-vous pas qu'il y a pour ses chefs quelque chose à faire ?

— Je le pense, dit le vieillard.

— Veuillez donner des ordres, repartit Boisberthelot.

— C'est à vous de les donner. Vous êtes le capitaine.

— Mais vous êtes le général, reprit Boisberthelot.

Le vieillard regarda le canonnier.

— Approche, dit-il.

Le canonnier fit un pas.

Le vieillard se tourna vers le comte du Boisberthelot, détacha la croix de Saint-Louis[16] du capitaine, et la noua à la vareuse du canonnier.

— Hurrah ! crièrent les matelots.

Les soldats de marine présentèrent les armes.

Et le vieux passager, montrant du doigt le canonnier ébloui, ajouta :

— Maintenant, qu'on fusille cet homme.

La stupeur succéda à l'acclamation.

Alors, au milieu d'un silence de tombe, le vieillard éleva la voix. Il dit :

— Une négligence a compromis ce navire. A cette heure il est peut-être perdu. Être en mer, c'est être devant l'ennemi. Un navire qui fait une traversée est une armée qui livre une bataille. La tempête se cache, mais ne s'absente pas. Toute la

---

14. *Le comte du Boisberthelot :* le capitaine de la corvette.
15. *Attitude d'ordonnance :* attitude conforme aux règlements militaires.
16. *Croix de Saint-Louis :* décoration dans un ancien ordre de chevalerie.

mer est une embuscade. Peine de mort à toute faute commise en présence de l'ennemi. Il n'y a pas de faute réparable. Le courage doit être récompensé, et la négligence doit être punie.

Ces paroles tombaient l'une après l'autre, lentement, gravement, avec une sorte de mesure inexorable[17], comme des coups de cognée sur un chêne.

Et le vieillard, regardant les soldats, ajouta :

— Faites.

L'homme à la veste duquel brillait la croix de Saint-Louis courba la tête.

Sur un signe du comte du Boisberthelot, deux matelots descendirent dans l'entrepont, puis revinrent apportant le hamac-suaire[18] ; l'aumônier du bord, qui depuis le départ était en prière dans le carré des officiers, accompagnait les deux matelots ; un sergent détacha de la ligne de bataille douze soldats qu'il rangea sur deux rangs, six par six ; le canonnier, sans dire un mot, se plaça entre les deux files. L'aumônier, le crucifix en main, s'avança et se mit près de lui. « Marche », dit le sergent. — Le peloton se dirigea à pas lents vers l'avant. Les deux matelots, portant le suaire, suivaient.

Un morne silence se fit sur la corvette. Un ouragan lointain soufflait.

Quelques instants après, une détonation éclata dans les ténèbres, une lueur passa, puis tout se tut, et l'on entendit le bruit que fait un corps en tombant dans la mer.

Le vieux passager, toujours adossé au grand mât, avait croisé les bras, et songeait.

Boisberthelot, dirigeant vers lui l'index de sa main gauche, dit bas à La Vieuville :

— La Vendée a une tête.

Première partie, livre deuxième, ch. VI.

---

17. *Inexorable* : implacable, contre laquelle on ne peut rien.

18. *Hamac-suaire* : le hamac dans lequel le corps du marin sera enveloppé avant d'être jeté à la mer.

Comprenons le texte

1. Qu'est-ce qui justifie l'expression « le canon avait vaincu » (l. 1-2) ? Relevez tous les termes qui décrivent les dégâts occasionnés par l'accident de la caronade.

2. Quels sont les différents problèmes et handicaps qui s'accumulent ? Montrez qu'ils compromettent la mission.

3. A quels indices voit-on que le mystérieux passager est le personnage le plus important du bateau ?

4. De quel genre de chef la Vendée a-t-elle besoin selon les deux officiers ?

5. Justifiez la dernière réplique du passage : « La Vendée a une tête .» Montrez que dans les lignes 73 à 79 le vieux passager s'exprime en chef ; notez le vocabulaire, le rythme des phrases, le ton.

6. L'ordre : « Maintenant, qu'on fusille cet homme » (l. 69), était-il prévisible ? Quel effet obtient ainsi Victor Hugo ?

7. Étudiez le contraste entre les deux cérémonies dont le canonnier est le héros (l. 61 à 66 et l. 83 à 101). Montrez le caractère solennel de chacune de ces deux scènes.

8. Étudions le style : montrez que les procédés utilisés par Victor Hugo dans ce passage lui permettent de mettre en relief le caractère dramatique de la situation. Étudiez en particulier les images, les comparaisons, les antithèses.

Enquêtons

1. Renseignez-vous sur quelques grands chefs historiques de la révolte vendéenne : La Rochejaquelein, Cathelineau, Charette, les frères Cottereau, La Trémoille, d'Elbée, Lescure, Cadoudal, etc.

2. Pourquoi un des frères Cottereau est-il plus connu sous le nom de guerre de « Jean Chouan » ?

3. D'où viennent les mots de « chouans », « chouannerie », qui désignent communément les rebelles, et les guerres de l'Ouest, pendant la période révolutionnaire ?

3. VIVE LANTENAC !

Gravement endommagée, la corvette doit maintenant subir une forte houle ; de plus, quand la brume se lève, on découvre d'un côté de redoutables écueils et de l'autre l'escadre de Granville : « naufrage ici, bataille là », jamais le navire n'atteindra la côte française ; pour que le « vieux passager » puisse remplir sa mission (débarquer en Bretagne, organiser l'insurrection vendéenne, prendre la tête des armées royalistes), il ne reste plus qu'une solution : qu'il s'échappe sur un canot. Un volontaire, Halmalo, se propose comme rameur.

Au bout de trente-six heures et en faisant de nombreux détours pour éviter à la fois les rochers, « les vagues et le guet », les deux hommes réussissent à atteindre une grève dangereuse, mais déserte, à l'embouchure du Couesnon. Le vieillard remet à Halmalo son nœud de commandant brodé de la fleur de lys, lui demande de faire en son nom « l'appel dans tous les bois de Noirmoutier jusqu'à Laval », et de transmettre partout l'ordre suivant : « Insurgez-vous, pas de quartier ! »

Halmalo parti, le vieillard gravit une dune d'où on découvre tout le pays.

On n'entendait que le vent qui venait de la mer, mais le vent est une basse continue[1] et cesse presque d'être un bruit, tant il devient une habitude.

Tout à coup, il se dressa debout.

Son attention venait d'être brusquement réveillée ; il considéra l'horizon. Quelque chose donnait à son regard une fixité particulière.

Ce qu'il regardait, c'était le clocher de Cormeray qu'il avait devant lui au fond de la plaine. On ne sait quoi d'extraordinaire se passait en effet dans ce clocher.

La silhouette de ce clocher se découpait nettement ; on voyait la tour surmontée de la pyramide, et, entre la tour et la pyramide, la cage de la cloche, carrée, à jour, sans abat-vent,

1. *Basse continue* : partie de basse servant d'accompagnement au clavecin, orgue, violoncelle, etc.

et ouverte aux regards des quatre côtés, ce qui est la mode des clochers bretons.

Or cette cage apparaissait alternativement ouverte et fermée, à intervalles égaux ; sa haute fenêtre se dessinait toute blanche, puis toute noire ; on voyait le ciel à travers, puis on ne le voyait plus ; il y avait clarté, puis occultation[2], et l'ouverture et la fermeture se succédaient d'une seconde à l'autre avec la régularité du marteau sur l'enclume.

Le vieillard avait ce clocher de Cormeray devant lui, à une distance d'environ deux lieues ; il regarda à sa droite le clocher de Baguer-Pican, également droit sur l'horizon ; la cage de ce clocher s'ouvrait et se fermait comme celle de Cormeray.

Il regarda à sa gauche le clocher de Tanis ; la cage du clocher de Tanis s'ouvrait et se fermait comme celle de Baguer-Pican.

Il regarda tous les clochers de l'horizon l'un après l'autre, à sa gauche, les clochers de Courtils, de Précey, de Crollon et de la Croix-Avranchin ; à sa droite, les clochers de Raz-sur-Couesnon, de Mordrey et des Pas ; en face de lui, le clocher de Pontorson. La cage de tous ces clochers était alternativement noire et blanche.

Qu'est-ce que cela voulait dire ?

Cela signifiait que toutes les cloches étaient en branle.

Il fallait, pour apparaître et disparaître ainsi, qu'elles fussent furieusement secouées.

Qu'était-ce donc ? évidemment le tocsin[3].

On sonnait le tocsin, on le sonnait frénétiquement, on le sonnait partout, dans tous les clochers, dans toutes les paroisses, dans tous les villages, et l'on n'entendait rien.

Cela tenait à la distance qui empêchait les sons d'arriver et au vent de mer qui soufflait du côté opposé et qui emportait tous les bruits de la terre hors de l'horizon.

Toutes ces cloches forcenées[4] appelant de toutes parts, et en même temps ce silence, rien de plus sinistre.

Le vieillard regardait et écoutait.

---

2. *Occultation* : disparition passagère, éclipse.
3. *Tocsin* : sonnerie d'une cloche qu'on fait tinter pour donner l'alarme.
4. *Forcenées* : acharnées, qui sonnent sans interruption, avec violence.

Il n'entendait pas le tocsin, et il le voyait. Voir le tocsin, sensation étrange.

A qui en voulaient ces cloches ?

Contre qui ce tocsin ?

Certainement quelqu'un était traqué.

Qui ?

Cet homme d'acier eut un frémissement.

Ce ne pouvait être lui. On n'avait pu deviner son arrivée, il était impossible que les représentants en mission[5] fussent déjà informés ; il venait à peine de débarquer. La corvette avait évidemment sombré sans qu'un homme échappât. Et dans la corvette même, excepté Boisberthelot et La Vieuville, personne ne savait son nom.

Les clochers continuaient leur jeu farouche. Il les examinait et les comptait machinalement, et sa rêverie, poussée d'une conjecture[6] à l'autre, avait cette fluctuation que donne le passage d'une sécurité profonde à une certitude terrible. Pourtant, après tout, ce tocsin pouvait s'expliquer de bien des façons, et il finissait par se rassurer en se répétant : « En somme, personne ne sait mon arrivée et personne ne sait mon nom. » [...]

Alerté par le bruit d'un papier soulevé par le vent, le vieil homme découvre sur la pierre milliaire[7] une affiche sur laquelle il peut lire :

RÉPUBLIQUE FRANÇAISE, UNE ET INDIVISIBLE.

« Nous, Prieur de la Marne, représentant du peuple en mission près de l'armée des Côtes-de-Cherbourg, — ordonnons : — Le ci-devant marquis de Lantenac, vicomte de Fontenay, soi-disant prince breton, furtivement débarqué sur la côte de Granville, est mis hors la loi. — Sa tête est mise à

5. *Représentants en mission* : envoyés du Comité de salut public.

6. *Conjecture* : supposition, hypothèse.

7. *Pierre milliaire* : à l'époque romaine, borne placée sur les routes pour marquer des distances de mille pas ; ici, monument commémoratif d'un événement religieux.

prix. — Il sera payé à qui le livrera, mort ou vivant, la somme de soixante mille livres. — Cette somme ne sera point payée en assignats[8], mais en or. — Un bataillon de l'armée des Côtes-de-Cherbourg sera immédiatement envoyé à la rencontre et à la recherche du ci-devant marquis de Lantenac. — Les communes sont requises de prêter main-forte. — Fait en la maison commune de Granville, le 2 juin 1793. — Signé :

« PRIEUR DE LA MARNE. »

Cependant la nuit tombe... Le marquis de Lantenac — puisque c'est lui qui vient de débarquer sur la côte de Granville, et qui apprend ici que sa tête est déjà mise à prix — est empêché par l'obscurité de lire les dernières lignes imprimées en plus petits caractères ; ce n'est que le lendemain qu'il peut en prendre connaissance en retrouvant une affiche identique apposée à une croisée de chemins :

« L'identité du ci-devant marquis de Lantenac constatée, il sera immédiatement passé par les armes. — Signé : *le chef de bataillon, commandant la colonne d'expédition,* GAUVAIN[9].

— Gauvain ! dit le marquis.

Il s'arrêta profondément pensif, l'œil fixé sur l'affiche.

— Gauvain ! répéta-t-il.

Il se remit en marche, se retourna, regarda la croix, revint sur ses pas, et lut l'affiche encore une fois.

Puis il s'éloigna à pas lents. Quelqu'un qui eût été près de lui l'eût entendu murmurer à demi-voix : « Gauvain ! » [...]

Le marquis est alors arraché à ses pensées par les rumeurs d'une bataille ; il se précipite sur une hauteur d'où il peut observer ce qui se passe du côté d'Herbe-en-Pail[10].

En effet, il y avait une fusillade et un incendie. On entendait des clameurs, on voyait du feu. La métairie était comme le centre d'on ne sait quelle catastrophe. Qu'était-ce ? La métairie d'Herbe-en-Pail était-elle attaquée ? Mais par qui ?

---

8. *Assignats* : papier-monnaie émis en 1789, supprimé en 1797, et garanti par la vente des biens nationaux.
9. *Gauvain* : le commandant républicain qui signe l'affiche est le propre petit-neveu du marquis de Lantenac.
10. *Herbe-en-Pail* : c'est une grosse métairie que les bleus ont investie ; ils y ont installé leur cantonnement. C'est là que se trouve en ce moment le bataillon du Bonnet-Rouge, avec Michelle Fléchard et les trois enfants adoptés.

G. Brion, Le marquis de Lantenac,
Maison de Victor Hugo, Paris.

Était-ce un combat ? N'était-ce pas plutôt une exécution militaire ? Les bleus, et cela leur était ordonné par un décret révolutionnaire, punissaient très souvent, en y mettant le feu, les fermes et les villages réfractaires[11] ; on brûlait, pour l'exemple, toute métairie et tout hameau qui n'avaient point fait les abatis d'arbres prescrits[12] par la loi et qui n'avaient pas ouvert et taillé dans les fourrés des passages pour la cavalerie républicaine. On avait notamment exécuté ainsi tout récemment la paroisse de Bourgon, près d'Ernée. Herbe-en-Pail était-il dans le même cas ? Il était visible qu'aucune des percées stratégiques commandées par le décret n'avait été faite dans les halliers[13] et dans les enclos de Tanis et d'Herbe-en-Pail. Était-ce le châtiment ? Était-il arrivé un ordre à l'avant-garde qui occupait la métairie ? Cette avant-garde ne faisait-elle pas partie d'une de ces colonnes d'expédition surnommées *colonnes infernales*[14] ?

Un fourré très hérissé et très fauve entourait de toutes parts l'éminence au sommet de laquelle le marquis s'était placé en observation. Ce fourré, qu'on appelait le bocage d'Herbe-en-Pail, mais qui avait les proportions d'un bois, s'étendait jusqu'à la métairie, et cachait, comme tous les halliers bretons, un réseau de ravins, de sentiers et de chemins creux, labyrinthes où les armées républicaines se perdaient.

L'exécution, si c'était une exécution, avait dû être féroce, car elle fut courte. Ce fut, comme toutes les choses brutales, tout de suite fait. L'atrocité des guerres civiles comporte ces sauvageries. Pendant que le marquis, multipliant les conjectures, hésitant à descendre, hésitant à rester, écoutait et épiait, ce fracas d'extermination cessa, ou pour mieux dire se dispersa. Le marquis constata dans le hallier comme l'éparpillement d'une troupe furieuse et joyeuse. Un effrayant fourmillement se fit sous les arbres. De la métairie on se jetait dans le bois. Il y avait des tambours qui battaient la charge. On ne tirait plus de coups de fusil. Cela ressemblait maintenant à une battue ; on semblait fouiller, poursuivre, traquer ; il était évident qu'on cherchait quelqu'un ; le bruit était diffus et

11. *Réfractaires :* qui refusaient de se soumettre aux décrets révolutionnaires.
12. *Abatis d'arbres prescrits :* pour limiter les possibilités de cachette et d'embuscade des chouans.
13. *Halliers :* buissons serrés et touffus.
14. *Colonnes infernales :* divisions républicaines qui ont reçu du Comité de salut public la mission de « pacifier » la Vendée par tous les moyens.

profond ; c'était une confusion de paroles de colère et de triomphe, une rumeur composée de clameurs ; on n'y distinguait rien ; brusquement, comme un linéament[15] se dessine dans une fumée, quelque chose devint articulé et précis dans ce tumulte, c'était un nom, un nom répété par mille voix, et le marquis entendit nettement ce cri :

« Lantenac ! Lantenac ! le marquis de Lantenac ! »

C'était lui qu'on cherchait.

Et subitement, autour de lui, et de tous les côtés à la fois, le fourré se remplit de fusils, de baïonnettes et de sabres, un drapeau tricolore se dressa dans la pénombre, le cri *Lantenac !* éclata à son oreille, et à ses pieds, à travers les ronces et les branches, des faces violentes apparurent.

Le marquis était seul, debout sur un sommet, visible de tous les points du bois. Il voyait à peine ceux qui criaient son nom, mais il était vu de tous. S'il y avait mille fusils dans le bois, il était là comme une cible. Il ne distinguait rien dans le taillis que des prunelles ardentes fixées sur lui.

Il ôta son chapeau, en retroussa le bord, arracha une longue épine sèche à un ajonc, tira de sa poche une cocarde blanche, fixa avec l'épine le bord retroussé et la cocarde à la forme du chapeau, et, remettant sur la tête le chapeau dont le bord relevé laissait voir son front et sa cocarde, il dit d'une voix haute, parlant à toute la forêt à la fois :

— Je suis l'homme que vous cherchez. Je suis le marquis de Lantenac, vicomte de Fontenay, prince breton, lieutenant général des armées du roi. Finissons-en. En joue ! Feu !

Et, écartant de ses deux mains sa veste de peau de chèvre, il montra sa poitrine nue.

Il baissa les yeux, cherchant du regard les fusils braqués, et se vit entouré d'hommes à genoux.

Un immense cri s'éleva : « Vive Lantenac ! Vive monseigneur ! Vive le général ! »

En même temps des chapeaux sautaient en l'air, des sabres tournoyaient joyeusement, et l'on voyait dans tout le taillis se dresser des bâtons au bout desquels s'agitaient des bonnets de laine brune.

15. *Linéament :* ligne fine et légère.

Ce qu'il avait autour de lui, c'était une bande vendéenne.

Cette bande s'était agenouillée en le voyant. [...]

Tous ces yeux pleins d'éclairs redoutables se fixaient sur le marquis avec une sorte de sauvage amour.

Cette cohue était armée de fusils, de sabres, de faux, de perches, de bâtons ; tous avaient de grands feutres ou des bonnets bruns, avec des cocardes blanches, une profusion de rosaires et d'amulettes[16], de larges culottes ouvertes au genou, des casaques[17] de poil, des guêtres en cuir, le jarret nu, les cheveux longs, quelques-uns l'air féroce, tous l'air naïf.

Un homme jeune et de belle mine traversa les gens agenouillés et monta à grands pas vers le marquis. Cet homme était, comme les paysans, coiffé d'un feutre à bord relevé et à cocarde blanche, et vêtu d'une casaque de poil, mais il avait les mains blanches et une chemise fine, et il portait par-dessus sa veste une écharpe de soie blanche à laquelle pendait une épée à poignée dorée.

Parvenu sur la hure[18], il jeta son chapeau, détacha son écharpe, mit un genou en terre, présenta au marquis l'écharpe et l'épée, et dit :

— Nous vous cherchions en effet, nous vous avons trouvé. Voici l'épée de commandement. Ces hommes sont maintenant à vous. J'étais leur commandant, je monte en grade, je suis votre soldat. Acceptez notre hommage, monseigneur. Donnez vos ordres, mon général.

La métairie d'Herbe-en-Pail que Lantenac a vu brûler dans la nuit, servait de cantonnement au bataillon du Bonnet-Rouge, et à ses protégés : Michelle Fléchard et ses trois enfants.

Les ordres de Lantenac sont implacables : anéantir la métairie et tout le hameau parce que leurs habitants ont accueilli les bleus sans résistance, ne pas faire de prisonniers, achever les blessés, fusiller tous les bleus (y compris les deux femmes qui sont avec eux : la vivandière et Michelle Fléchard), s'emparer des trois enfants et les emmener, sans savoir encore ce que l'on en fera.

Première partie, livre quatrième, ch. II, III, V, VI.

16. *Rosaires, amulettes* : cf. Documentons-nous, page 36.

17. *Casaque* : vêtement de dessus à larges manches.

18. *Hure* : monticule.

Comprenons le texte

I. Le plan

Dans ce chapitre, l'action est mouvementée : coups de théâtre, surprises, renversements de situation se succèdent. Établissez d'abord le plan de l'ensemble.

II. Le tocsin (l. 1 à 53)

1. Étudiez l'atmosphère du passage. Comment comprenez-vous l'expression : « Voir le tocsin, sensation étrange » ? Comment Victor Hugo a-t-il préparé le rapprochement inattendu des termes ?

2. Quelles questions se pose le personnage ? Comment en vient-il à comprendre qu'il s'agit du tocsin ?

3. Dans les lignes 22 à 34, que veut suggérer Victor Hugo par cette insistance à nommer les villages ?

4. Étudiez le rythme du paragraphe (l. 41 à 43). Qu'évoque-t-il ?

5. Avec quels arguments Lantenac essaie-t-il de se rassurer ?

III. L'homme traqué (l. 54 à 163)

1. Étudiez les termes qui, dans l'affiche, désignent ce grand seigneur de l'ancien régime. Quel est le ton du message ? Quelles sont les réactions du marquis devant l'affiche ?

2. De la ligne 95 à la ligne 114, relevez toutes les indications qui nous renseignent sur le caractère de cette guerre ; quelles sont les méthodes des bleus pour s'imposer dans un pays hostile ?

3. Dans les lignes 57 à 94, quel procédé adopte Victor Hugo pour donner au lecteur le sentiment qu'il voit les événements à travers la conscience et les sensations de Lantenac ?

4. Dans les lignes 128 à 142, relevez tous les termes qui permettent d'assimiler la recherche d'un homme à une scène de chasse. Quel est l'effet voulu par Victor Hugo dans les deux dernières lignes ?

5. Dans les lignes 143 à 163, qu'est-ce qui entretient chez Lantenac la conviction qu'il est traqué ? Comment réagit-il ? Quel caractère veut-il donner à sa capture et à son exécution ?

6. Quelle image du personnage Victor Hugo impose-t-il par la phrase : « Il baissa les yeux [...] entouré d'hommes à genoux » (l. 164-165) ?

IV. Les partisans (l. 164 à 196)

1. Par quels termes sont exprimés le respect et l'adoration des Vendéens pour leur chef (l. 164 à 181) ?

2. Comparez l'apparence des paysans et celle de leur jeune chef ; en quoi résident les contrastes et les points communs ? Expliquez : « J'étais leur commandant, je monte en grade, je suis votre soldat. » Observez toutes les marques d'obéissance.

V. Le quiproquo

1. Notez tout ce qui a pu créer des confusions dans l'esprit de Lantenac (l. 143 à 152). De son poste d'observation, quelle vision a-t-il des combats ?

2. Qu'est-ce qui peut lui faire croire que les bleus ont le dessus, alors qu'en réalité ils viennent d'être surpris par les blancs dans leur cantonnement ?

3. Comment a-t-il pu se croire traqué et perdu, alors qu'il est au contraire recherché avec ferveur par ses partisans ?

Documentons-nous

I. La guerre d'embuscade en Vendée

Les rebelles insurgés bénéficiaient de deux auxiliaires : la nature du terrain (pays de halliers, de bocage, de forêts touffues qu'ils connaissaient parfaitement, et dans lesquels se perdaient les bataillons républicains) et la complicité de la population :

Les paysans, dispersés derrière les haies, n'offraient jamais un front où le feu des ennemis pût faire un grand ravage. Les troupes de ligne tiraient sans viser, à hauteur d'homme, suivant leurs habitudes. Les paysans ajustaient et perdaient peu de coups ; aussi tombait-il au moins cinq hommes d'un côté, tandis que de l'autre on en perdait un seul. Les défaites étaient pour les républicains. Quand ils fuyaient dispersés, ils s'égaraient dans le labyrinthe des chemins du bocage, où rien ne pouvait diriger leur retraite ; ils tombaient par petits détachements entre les mains des paysans. Lorsque nos gens, au contraire, n'avaient pas réussi à ébranler la colonne ennemie, ils se dispersaient sans qu'on pût les atteindre. Ils sautaient les haies, prenaient des sentiers détournés, et retournaient chez eux dans l'espoir de se réunir encore deux ou trois jours après et d'être plus heureux.

Marquise de la Rochejaquelein, *Mémoires*.

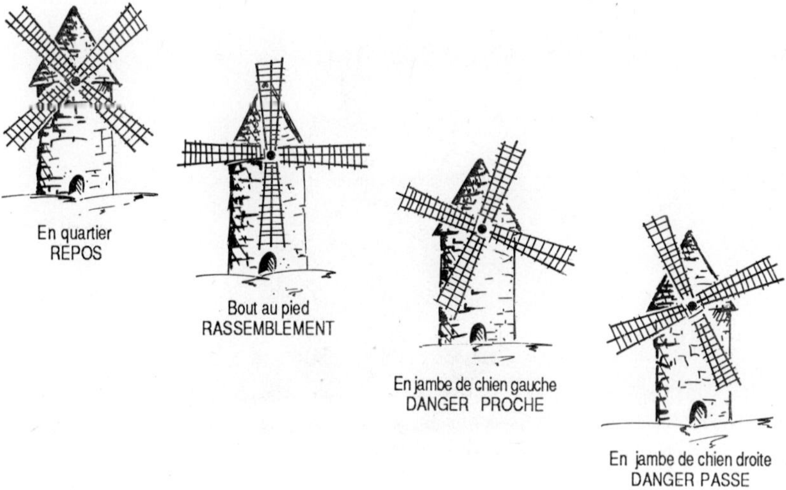

Un exemple de communication codée entre les rebelles : les signaux et avertissements donnés par le langage des ailes de moulins.

Dessins de Cyril Lepagnol, parus dans Blancs et Bleus, dans la Vendée déchirée, *de Jean-Clément Martin, Éd. Gallimard, Collection Découvertes.*

II. Insignes et symboles

Les Vendéens se battent « pour Dieu et le Roi ». Ils arborent comme signe de ralliement la couleur blanche (cocarde, drapeau, écharpe), et les plus croyants se couvrent d'objets de dévotion (croix, chapelets, rosaires). Les plus naïfs sont fanatisés par les prêtres réfractaires ; ils font bénir leurs fusils, et portent cousu sur la poitrine l'insigne du Sacré-Cœur, convaincus d'assurer ainsi leur salut éternel.

Voici, par exemple, un prêche du curé de Sainte-Marie de Ré :

Mes enfants, je marcherai à votre tête, le crucifix à la main ; que ceux qui veulent me suivre se mettent à genoux, je leur donnerai l'absolution : s'ils meurent, ils iront en paradis, mais les poltrons qui trahissent Dieu et qui abandonnent leurs familles, les bleus les égorgeront et ils iront en enfer.

Vous qui brûlez pour moi, cœur de mon doux sauveur,
Donnez au mien pour vous une pareille ardeur.

Enquêtons

Renseignez-vous sur les violences et les destructions commises dans l'Ouest par les colonnes infernales de Westermann et de Turreau.

4. LA MISSION DE CIMOURDAIN

Dans le Paris révolutionnaire où s'affrontent de nombreuses tendances, une section a pris l'habitude de se réunir à l'Évêché, dans une salle du vieux palais épiscopal. C'est un groupe d'hommes assez violents, et qui exercent une sorte de contrôle populaire sur les séances de la Convention. Cimourdain, un ancien prêtre, en est l'un des membres les plus ardents.

Or, ce personnage, maintenant âgé d'une cinquantaine d'années, a été autrefois, avant la Révolution, le précepteur du jeune vicomte Gauvain, petit-neveu du marquis de Lantenac. Il s'était beaucoup attaché à son élève, lui avait inculqué sa rigueur morale, et avait formé son esprit en lui transmettant ses principes. Si Gauvain est devenu, par idéal, et contre ses origines sociales, un révolutionnaire convaincu, c'est à l'éducation de Cimourdain qu'il le doit.

Le 28 juin 1793, à Paris, une âpre discussion s'élève entre trois chefs éminents de la Révolution, Robespierre, Marat et Danton ; la situation politique, sociale, militaire, est extrêmement grave, mais tous les trois n'en font pas la même analyse, et ne préconisent pas les mêmes moyens pour y faire face : pour Danton, le principal ennemi de la République est à l'étranger et aux frontières ; pour Marat, il est à l'intérieur, en la personne des comploteurs et trafiquants de toutes sortes ; pour Robespierre, c'est la Vendée qui représente le plus grave danger.

Cimourdain qui survient, est invité par Danton à donner son avis.

— Expliquons la situation au citoyen Cimourdain. Il vient à propos. Je représente la Montagne[1], Robespierre représente le Comité de salut public[2], Marat représente la Commune[3], Cimourdain représente l'Évêché. Il va nous départager.

— Soit, dit Cimourdain, grave et simple. De quoi s'agit-il ?

— De la Vendée, répondit Robespierre.

— La Vendée ! dit Cimourdain.

Et il reprit :

— C'est la grande menace. Si la Révolution meurt, elle mourra par la Vendée. Une Vendée est plus redoutable que dix Allemagnes. Pour que la France vive, il faut tuer la Vendée.

Ces quelques mots lui gagnèrent Robespierre. [...]

— Eh bien, demanda Cimourdain, qu'y a-t-il ? qu'est-ce qu'elle fait, cette Vendée ?

Robespierre répondit :

— Ceci : elle a un chef. Elle va devenir épouvantable.

— Qui est ce chef, citoyen Robespierre ?

— C'est un ci-devant marquis de Lantenac, qui s'intitule prince breton.

Cimourdain fit un mouvement.

— Je le connais, dit-il. J'ai été prêtre chez lui.

Il songea un moment, et reprit :

— C'était un homme à femmes avant d'être un homme de guerre.

— Comme Biron qui a été Lauzun[4], dit Danton.

Et Cimourdain, pensif, ajouta :

— Oui, c'est un ancien homme de plaisir. Il doit être terrible.

---

1. *La Montagne* : membres de la Convention siégeant sur les plus hauts bancs de l'assemblée ; ils sont généralement d'origine bourgeoise mais s'appuient sur les éléments révolutionnaires les plus avancés.
2. *Le Comité de salut public* : constitué en avril 1793, il est chargé de prendre, dans les circonstances urgentes, des mesures de défense générale, intérieure et extérieure. Il exerce son pouvoir dictatorial jusqu'en juillet 1794 (chute de Robespierre et de ses amis).
3. *La Commune* : gouvernement révolutionnaire de Paris, installé depuis la prise de la Bastille à l'Hôtel de Ville ; devenue Commune insurrectionnelle en 1792, elle élimine les plus modérés de ses membres ; constituée essentiellement d'éléments extrémistes, elle anime le mouvement des sans-culottes et contribue à mettre en place le régime de la Terreur.
4. *Armand-Louis, duc de Lauzun, puis duc de Biron, dit le beau Lauzun (1747-1793)* : après avoir défrayé la chronique scandaleuse de la cour, il s'intéresse de plus en plus à la politique et se fait élire député aux États généraux ; aigri contre la cour, il passe même au service de la Révolution, ce qui ne l'empêchera pas d'être guillotiné en 1793.

D. Maillart, Le cabaret de la rue du Paon,
Maison de Victor Hugo, Paris.

— Affreux, dit Robespierre. Il brûle les villages, achève les blessés, massacre les prisonniers, fusille les femmes.

— Les femmes ?

— Oui. Il a fait fusiller entre autres une mère de trois enfants. On ne sait ce que les enfants sont devenus. En outre, c'est un capitaine. Il sait la guerre.

— En effet, répondit Cimourdain. Il a fait la guerre de Hanovre[5]. [...]

Robespierre resta un moment pensif, puis le dialogue reprit entre lui et Cimourdain.

— Eh bien, citoyen Cimourdain, cet homme-là est en Vendée.

— Depuis quand ?

— Depuis trois semaines.

— Il faut le mettre hors la loi.

— C'est fait.

— Il faut mettre sa tête à prix.

— C'est fait.

— Il faut offrir, à qui le prendra, beaucoup d'argent.

— C'est fait.

— Pas en assignats.

— C'est fait.

— En or.

— C'est fait.

— Et il faut le guillotiner.

— Ce sera fait.

— Par qui ?

— Par vous.

— Par moi ?

— Oui, vous serez délégué du Comité de salut public, avec pleins pouvoirs.

— J'accepte, dit Cimourdain.

Robespierre était rapide dans ses choix ; qualité d'homme d'État. Il prit dans le dossier qui était devant lui une feuille de papier blanc sur laquelle on lisait cet en-tête imprimé :

RÉPUBLIQUE FRANÇAISE, UNE ET INDIVISIBLE.
COMITÉ DE SALUT PUBLIC.

---

5. *Guerre de Hanovre* : la guerre de Sept Ans (1756-1763), sous Louis XV.

Cimourdain continua :

— Oui, j'accepte. Terrible contre terrible. Lantenac est féroce, je le serai. Guerre à mort avec cet homme. J'en délivrerai la République, s'il plaît à Dieu. [...] Près de qui serai-je délégué ?

Robespierre répondit :

— Près du commandant de la colonne expéditionnaire envoyée contre Lantenac. Seulement, je vous en préviens, c'est un noble. [...]

Vous aurez affaire à un jeune homme. Vous aurez de l'ascendant[6] sur lui, ayant le double de son âge. Il faut le diriger, mais le ménager. Il paraît qu'il a des talents militaires, tous les rapports sont unanimes là-dessus. Il fait partie d'un corps qu'on a détaché de l'armée du Rhin[7] pour aller en Vendée. Il arrive de la frontière où il a été admirable d'intelligence et de bravoure. Il mène supérieurement la colonne expéditionnaire. Depuis quinze jours, il tient en échec ce vieux marquis de Lantenac. Il le réprime et le chasse devant lui. Il finira par l'acculer à la mer et par l'y culbuter. Lantenac a la ruse d'un vieux général et lui a l'audace d'un jeune capitaine. [...]

— Ce jeune homme, dit Cimourdain, me semble avoir de grandes qualités.

— Mais il a un défaut !

L'interruption était de Marat.

— Lequel ? demanda Cimourdain.

— La clémence[8], dit Marat.

Et Marat poursuivit :

— C'est ferme au combat, et mou après. Ça donne dans l'indulgence, ça pardonne, ça fait grâce, ça protège les religieuses et les nonnes, ça sauve les femmes et les filles des aristocrates, ça relâche les prisonniers, ça met en liberté les prêtres.

— Grave faute, murmura Cimourdain.

— Crime, dit Marat.

— Quelquefois, dit Danton.

— Souvent, dit Robespierre.

— Presque toujours, reprit Marat.

---

6. *Ascendant :* influence, autorité.
7. *Armée du Rhin :* une des armées de patriotes qui, à partir de 1792, se sont portées aux frontières pour défendre la patrie en danger contre la coalition européenne.
8. *Clémence :* tendance à se montrer généreux, à accorder le pardon même à ses adversaires.

— Quand on a affaire aux ennemis de la patrie, toujours, dit Cimourdain.

Marat se tourna vers Cimourdain.

— Et que ferais-tu donc d'un chef républicain qui mettrait en liberté un chef royaliste ? [...]

— Si le commandant républicain qui m'est confié fait un faux pas, peine de mort.

Robespierre, les yeux sur le dossier, dit :

— Voici le nom. Citoyen Cimourdain, le commandant sur qui vous aurez pleins pouvoirs est un ci-devant vicomte, il s'appelle Gauvain.

Cimourdain pâlit.

— Gauvain ! s'écria-t-il.

Marat vit la pâleur de Cimourdain.

— Le vicomte Gauvain ! répéta Cimourdain.

— Oui, dit Robespierre.

— Eh bien ? dit Marat, l'œil fixé sur Cimourdain.

Il y eut un temps d'arrêt. Marat reprit :

— Citoyen Cimourdain, aux conditions indiquées par vous-même, acceptez-vous la mission de commissaire délégué près le commandant Gauvain ? Est-ce dit ?

— C'est dit, répondit Cimourdain.

Il était de plus en plus pâle.

Robespierre prit la plume qui était près de lui, écrivit de son écriture lente et correcte quatre lignes sur la feuille de papier portant en tête : COMITÉ DE SALUT PUBLIC, signa, et passa la feuille et la plume à Danton ; Danton signa, et Marat, qui ne quittait pas des yeux la face livide de Cimourdain, signa après Danton.

Robespierre, reprenant la feuille, la data et la remit à Cimourdain qui lut :

AN II DE LA RÉPUBLIQUE

« Pleins pouvoirs sont donnés au citoyen Cimourdain, commissaire délégué du Comité de salut public près le citoyen Gauvain, commandant la colonne expéditionnaire de l'armée des côtes. »

« ROBESPIERRE. — DANTON. — MARAT. »

Et au-dessous des signatures :

« 28 juin 1793. »

Deuxième partie, livre deuxième, ch. III.

Comprenons le texte

1. Sur quels points Cimourdain et Robespierre tombent-ils d'accord (l. 6 à 12 et 43 à 54) ?

2. Quels jugements portent-ils sur Lantenac, chef de la Vendée (l. 16 à 36) ?

3. Par quels procédés, dans les lignes 41 à 57, Victor Hugo marque-t-il la parfaite concordance de vues entre Robespierre et Cimourdain ?

4. Qu'est-ce qui montre (l. 66 à 110) que les trois chefs de la Convention et Cimourdain sont des révolutionnaires très déterminés à régler le problème de la chouannerie ?

5. En quoi consistera la mission de Cimourdain (l. 56 à 142) ?

6. Quelles sont les qualités du jeune commandant de la colonne expéditionnaire envoyée en Vendée ?

7. Pour quelles raisons peut-il néanmoins apparaître suspect aux yeux des membres du Comité de salut public et de la Convention ?

8. Pourquoi Victor Hugo retarde-t-il dans le dialogue (l. 71 à 114) la révélation du nom de Gauvain ?

9. Étudiez le coup de théâtre (l. 114 à 126).

10. Comment réagit Cimourdain ? Comment contrôle-t-il son émotion ? Laisse-t-il transparaître quelque chose ? Quelle décision prend-il ?

Rédigeons

Le personnage de Gauvain, héros du roman *Quatrevingt-treize*, n'est pas encore entré en scène.

A ce stade du roman, quelle image vous faites-vous de lui ?

Pour votre argumentation, appuyez-vous sur les réactions qu'il entraîne (celle de Lantenac au chapitre 3, celle de Cimourdain au chapitre 4) et sur les propos qui sont tenus à son égard. Relisez attentivement les paroles de Robespierre qui expriment à la fois la reconnaissance de ses mérites et des réticences ; demandez-vous quels sont les sentiments de Marat, et ce que signifie, dans sa bouche, la répétition de l'expression « ça » (« Ça donne dans l'indulgence, ça pardonne, ça fait grâce », etc.).

Enquêtons

1. Puisque Victor Hugo a mêlé à sa fiction des personnages historiques (Robespierre, Marat, Danton), étudiez attentivement la façon dont il les fait s'exprimer, et demandez-vous si cette image est conforme à ce que l'Histoire a retenu d'eux.

Renseignez-vous sur les personnages historiques qui ont dirigé la France pendant cette période ; faites les portraits de Robespierre, Saint-Just, Marat, Danton, Brissot, Roland, Vergniaud... Faites une fiche par personnage (date de naissance et date de mort, origine sociale, profession, rôle joué avant la Révolution, pendant la Révolution, tendance politique ; autant que possible, citez quelques phrases significatives que ces personnages ont prononcées à l'occasion de discours ou d'événements célèbres).

2. Cimourdain est un personnage imaginé par Victor Hugo ; en revanche, sa fonction a bien existé. Faites des recherches sur les représentants en mission nommés par la Convention et envoyés dans les départements.

3. Face aux périls intérieur et extérieur, comment la Convention riposte-t-elle en 1793 ? Quand, et pourquoi, a-t-on déclaré « la patrie en danger » ? Qu'appelle-t-on le « régime de la Terreur » ?

Transposons pour le théâtre

1. Avec l'aide du professeur d'Histoire, recherchez des discours prononcés par Robespierre, Saint-Just, Marat, Danton... Choisissez des extraits.

a) Vous pouvez faire un montage de ces textes, et les lire à plusieurs voix.

b) Les extraits de discours que vous aurez choisis peuvent être la base d'un spectacle. Faites que les personnages s'apostrophent, s'interrompent, apportent la contradiction. Simulez une séance à la Convention.

2. Victor Hugo a rédigé la scène entre ses trois personnages historiques (Robespierre, Marat, Danton) et son personnage romanesque, Cimourdain, dans un style qui est déjà théâtral. Remarquez l'abondance et la vivacité des dialogues qui réussissent à camper les personnages et leurs caractères. Adaptez totalement ce passage pour la scène, en supprimant les descriptions, les remarques, les notations qui sont du registre du roman. En revanche, ajoutez en marge les indications utiles pour le théâtre : gestes, mouvements, mimiques, intonations, toutes remarques utiles pour le travail du metteur en scène et le jeu des comédiens. Jouez la scène.

5. LA BATAILLE DE DOL

Un soir de juillet 1793, le délégué civil Cimourdain arrive à bride abattue dans le secteur des combats, revêtu du grand manteau des voyageurs, armé de deux pistolets, et arborant en pays chouan la cocarde tricolore à son chapeau. Il ne prend pas le temps de se reposer ; les informations hâtivement recueillies auprès d'un aubergiste lui confirment qu'il touche au but de sa mission : il se rapproche de l'armée républicaine et par conséquent de son chef, le jeune commandant Gauvain qu'il est chargé de surveiller.

— Vous dites qu'on se bat à Dol ?

— Oui. Ça doit commencer dans ce moment-ci.

— Qui est-ce qui se bat ?

— Un ci-devant contre un ci-devant[1].

— Vous dites ?

— Je dis qu'un ci-devant qui est pour la république se bat contre un ci-devant qui est pour le roi. [...]

L'un est jeune, l'autre est vieux ; c'est le petit-neveu qui se bat contre le grand-oncle. L'oncle est royaliste, le neveu est patriote[2]. L'oncle commande les blancs, le neveu commande les bleus. Ah ! ils ne se feront pas quartier, allez. C'est une guerre à mort.

— A mort ?

— Oui, citoyen. Tenez, voulez-vous voir les politesses qu'ils se jettent à la tête ? Ceci est une affiche que le vieux trouve moyen de faire placarder partout, sur toutes les maisons et sur tous les arbres, et qu'il a fait coller jusque sur ma porte.

L'hôte approcha sa lanterne d'un carré de papier appliqué sur un des battants de sa porte, et, comme l'affiche était en très gros caractères, le cavalier, du haut de son cheval, put lire :

« — Le marquis de Lantenac a l'honneur d'informer son petit-neveu, monsieur le vicomte Gauvain, que, si monsieur le marquis a la bonne fortune de se saisir de sa personne, il fera

1. *Ci-devant :* aristocrate.

2. *Patriote :* républicain.

A. Bloch, Mort du Général Beaupuy, *détail, Musée des Beaux-Arts, Rennes.*

bellement arquebuser[3] monsieur le vicomte. »

— Et, poursuivit l'hôtelier, voici la réponse.

Il se retourna, et éclaira de sa lanterne une autre affiche placée en regard de la première sur l'autre battant de la porte. Le voyageur lut :

« — Gauvain prévient Lantenac que s'il le prend il le fera fusiller. »

— Hier, dit l'hôte, le premier placard a été collé sur ma porte, et ce matin le second. La réplique ne s'est pas fait attendre. [...]

Le cavalier continua :

— Et lequel des deux l'emporte ?

— Jusqu'à présent, le vicomte. Mais il a de la peine. Le vieux est rude. Ces gens-là, c'est la famille Gauvain, des nobles d'ici. C'est une famille à deux branches ; il y a la grande branche dont le chef s'appelle le marquis de Lantenac, et la petite branche dont le chef s'appelle le vicomte Gauvain. Aujourd'hui les deux branches se battent, [...] et voilà comment, pendant que Lantenac se jette sur Dol, Gauvain se jette sur Lantenac. C'est à Dol que ces deux fronts bretons vont se cogner. Ce sera un fier choc. Ils y sont maintenant. [...]

L'aubergiste de la Croix-Branchard avait dit vrai, une mêlée forcenée emplissait Dol au moment où il parlait. Un duel nocturne entre les blancs arrivés le matin et les bleus survenus le soir avait brusquement éclaté dans la ville. Les forces étaient inégales, les blancs étaient six mille, les bleus étaient quinze cents, mais il y avait égalité d'acharnement. Chose remarquable, c'étaient les quinze cents qui avaient attaqué les six mille.

D'un côté une cohue, de l'autre une phalange[4]. D'un côté six mille paysans, avec des cœurs-de-Jésus[5] sur leurs vestes de cuir, [...] de l'autre quinze cents soldats avec le tricorne à cocarde tricolore, [...] et chacune des deux troupes ayant pour âme son chef ; les royalistes un vieillard, les républicains un jeune homme. D'un côté Lantenac, de l'autre Gauvain. [...]

---

3. *Arquebuser :* tuer à coups d'arquebuse (ancienne arme à feu qu'on faisait partir au moyen d'une mèche).

4. *Phalange :* troupe disciplinée dont les membres sont solidement unis par leurs convictions et leur solidarité dans le combat.

5. *Cœurs-de-Jésus :* insignes cousus sur les vêtements des chouans (cf. Documentons-nous, page 36).

Dans la journée, Lantenac, à la tête d'une armée paysanne de six mille hommes et femmes, a investi la ville de Dol qui s'est rendue sans résistance. Maintenant qu'il tient ce point proche du littoral, il peut envisager d'organiser, à partir de l'Angleterre, le débarquement de troupes régulières royalistes, disciplinées et bien armées. En effet, même s'il utilise volontiers les soldats-paysans, vite assemblés et vite dispersés, précieux pour la guerre d'embuscade et l'attaque par surprise, il ne compte guère sur eux pour gagner la guerre et rétablir la monarchie.

A la fin du jour, il confie la ville occupée à ses lieutenants et part en reconnaissance ; il choisit le Mont-Dol pour installer sa batterie de canons, et tenir libre toute la plage de débarquement.

Gauvain a deviné la stratégie de son adversaire, et compris le danger ; il veut à toute force reprendre la côte et repousser les blancs vers l'intérieur ; avant même d'avoir reçu des ordres, et sans avoir les troupes suffisantes, il fond sur Dol.

C'était une douce nuit de juillet ; les constellations resplendissaient dans le profond bleu noir du ciel. Tout ce bivouac[6], qui était plutôt une halte de caravane qu'un campement d'armée, se mit à sommeiller paisiblement. Tout à coup, à la lueur du crépuscule, ceux qui n'avaient pas encore fermé les yeux virent trois pièces de canon braquées à l'entrée de la grande rue.

C'était Gauvain. Il avait surpris les grand-gardes, il était dans la ville, et il tenait avec sa colonne la tête de la rue.

Un paysan se dressa, cria qui vive ? et lâcha son coup de fusil, un coup de canon répliqua. Puis une mousqueterie[7] furieuse éclata. Toute la cohue assoupie se leva en sursaut. Rude secousse. S'endormir sous les étoiles et se réveiller sous la mitraille.

Le premier moment fut terrible. Rien de tragique comme le fourmillement d'une foule foudroyée. Ils se jetèrent sur leurs armes. On criait, on courait, beaucoup tombaient. Les gars, assaillis, ne savaient plus ce qu'ils faisaient et s'arquebusaient les uns les autres. Il y avait des gens ahuris qui sortaient des maisons, qui y rentraient, qui sortaient encore, et qui erraient

6. *Bivouac* : il s'agit du campement des blancs.

7. *Mousqueterie* : rafale de balles, coups de feu.

dans la bagarre, éperdus. Des familles s'appelaient. Combat lugubre, mêlé de femmes et d'enfants. Les balles sifflantes rayaient l'obscurité. La fusillade partait de tous les coins noirs. Tout était fumée et tumulte. L'enchevêtrement des fourgons[8] et des charrois[9] s'y ajoutait. Les chevaux ruaient. On marchait sur des blessés. On entendait à terre des hurlements. Horreur de ceux-ci, stupeur de ceux-là. Les soldats et les officiers se cherchaient. Au milieu de tout cela, de sombres indifférences. Une femme allaitait son nouveau-né, assise contre un pan de mur auquel était adossé son mari qui avait la jambe cassée et qui, pendant que son sang coulait, chargeait tranquillement sa carabine et tirait au hasard, tuant devant lui dans l'ombre. Des hommes à plat ventre tiraient à travers les roues des charrettes. Par moments il s'élevait un hourvari[10] de clameurs. La grosse voix du canon couvrait tout. C'était épouvantable.

Ce fut comme un abattis d'arbres ; tous tombaient les uns sur les autres. Gauvain, embusqué, mitraillait à coup sûr, et perdait peu de monde.

Pourtant l'intrépide désordre des paysans finit par se mettre sur la défensive ; ils se replièrent sous la halle[11], vaste redoute[12] obscure, forêt de piliers de pierre. Là ils reprirent pied ; tout ce qui ressemblait à un bois leur donnait confiance. [...]

Tout cela se fit vite. En un quart d'heure la halle eut un front imprenable.

Ceci devenait grave pour Gauvain. Cette halle brusquement transformée en citadelle, c'était l'inattendu. Les paysans étaient là, massés et solides. Gauvain avait réussi la surprise et manqué la déroute[13].

L'attaque des républicains, comme la résistance des Vendéens, peuvent s'éterniser. Il faut sortir de l'impasse, et Gauvain décide alors d'employer l'audace et la ruse : il se met à la tête d'une toute petite colonne (qui comprend les douze vaillants survivants du bataillon du Bonnet-Rouge et sept tambours), pour prendre la halle à revers, tandis que le gros de son armée continue de canonner et de mitrailler de face.

---

8. *Fourgons :* véhicules servant au transport des bagages.
9. *Charrois :* charrettes, tombereaux.
10. *Hourvari :* grand tumulte.
11. *Halle :* grand bâtiment couvert qui abrite les marchés.
12. *Redoute :* place forte.
13. *Manqué la déroute :* n'avait pas réussi à déloger l'adversaire de son retranchement.

Après ving minutes de marche tortueuse, Gauvain, qui dans cette obscurité cheminait avec certitude[14], arriva à l'extrémité d'une ruelle d'où l'on rentrait dans la grande rue ; seulement on était de l'autre côté de la halle.

La position était tournée. De ce côté-ci il n'y avait pas de retranchement, ceci est l'éternelle imprudence des constructeurs de barricades, la halle était ouverte, et l'on pouvait entrer sous les piliers où étaient attelés quelques chariots de bagages prêts à partir. Gauvain et ses dix-neuf hommes avaient devant eux les cinq mille Vendéens, mais de dos et non de front.

Gauvain parla à voix basse au sergent ; on défit la paille[15] nouée autour des fusils ; les douze grenadiers se postèrent en bataille derrière l'angle de la ruelle, et les sept tambours, la baguette haute, attendirent.

Les décharges d'artillerie étaient intermittentes. Tout à coup, dans un intervalle entre deux détonations Gauvain leva son épée, et d'une voix qui, dans ce silence, sembla un éclat de clairon, il cria :

— Deux cents hommes par la droite, deux cents hommes par la gauche, tout le reste sur le centre !

Les douze coups de fusil partirent et les sept tambours sonnèrent la charge.

Et Gauvain jeta le cri redoutable des bleus :

— A la baïonnette ! Fonçons !

L'effet fut inouï.

Toute cette masse paysanne se sentit prise à revers, et s'imagina avoir une nouvelle armée dans le dos. En même temps, entendant le tambour, la colonne qui tenait le haut de la grande rue et que commandait Guéchamp[16] s'ébranla, battant la charge de son côté, et se jeta au pas de course sur la barricade ; les paysans se virent entre deux feux ; la panique est un grossissement, dans la panique un coup de pistolet fait le bruit d'un coup de canon, toute clameur est fantôme, et l'aboiement d'un chien semble le rugissement d'un lion. Ajoutons que le paysan prend peur comme le chaume prend feu, et, aussi aisément qu'un feu de chaume devient

14. *Avec certitude :* Gauvain est du pays, il connaît parfaitement la ville.
15. *On défit la paille :* il fallait, pour qu'elle réussisse, que la manœuvre soit tout à fait silencieuse ; c'est pourquoi Gauvain avait ordonné cette précaution contre le bruit.
16. *Guéchamp :* l'officier républicain à qui Gauvain a confié tout le reste de ses troupes pendant sa manœuvre.

incendie, une peur de paysan devient déroute. Ce fut une fuite inexprimable.

En quelques instants la halle fut vide, les gars terrifiés se désagrégèrent, rien à faire pour les officiers, l'Imânus[17] tua inutilement deux ou trois fuyards, on n'entendait que ce cri : *Sauve qui peut !* et cette armée, à travers les rues de la ville comme à travers les trous d'un crible[18], se dispersa dans la campagne, avec une rapidité de nuée emportée par l'ouragan.

Les uns s'enfuirent vers Châteauneuf, les autres vers Plerguer, les autres vers Antrain.

Le marquis de Lantenac vit cette déroute. Il encloua[19] de sa main les canons, puis il se retira, le dernier, lentement et froidement, et il dit : Décidément les paysans ne tiennent pas. Il nous faut les Anglais.

Troisième partie, livre deuxième, ch. I à III.

Comprenons le texte

1. Quelle information demande Cimourdain ? L'aubergiste répond-il vraiment à la question ?

2. Montrez que, aux yeux de l'aubergiste, la bataille de Dol est d'abord un duel ; relevez en particulier les oppositions dans les lignes 4 à 12, et comparez les styles des deux affiches.

3. Quelle nouvelle dimension apporte le mot « fronts » à la ligne 43 ? Quelles sont les différences entre les deux armées, et quels sont leurs points communs ? Quel est l'enjeu de la bataille de Dol ?

4. Par quel procédé Victor Hugo exprime-t-il l'effet de surprise dans les lignes 59 à 72 ?

5. Dans la scène de bataille (l. 73 à 93), Victor Hugo a voulu mettre en évidence le désarroi, la confusion, et l'atmosphère lugubre ; faites une étude détaillée du passage par rapport à ces trois thèmes (scènes évoquées, vocabulaire, constructions...).

---

17. *L'Imânus :* le lieutenant et l'homme de confiance de Lantenac.
18. *Crible :* grille, passoire.
19. *Encloua :* enfonça des clous dans les

6. Par quels mots Victor Hugo fait-il comprendre que la défense des paysans est solidement implantée ?

7. Par quelles ruses Gauvain impressionne-t-il l'ennemi ?

8. Quelle est, en dépit de son nombre, la faiblesse de l'armée des Vendéens ?

9. Donnez plusieurs interprétations de la phrase : « Les uns s'enfuirent vers Châteauneuf, les autres vers Plerguer, les autres vers Antrain » (l. 151-152). Qu'est-ce que cette phrase révèle sur les manières de faire la guerre chez les chouans ?

10. Expliquez les derniers mots de Lantenac.

Enquêtons

Dans le roman *Quatrevingt-treize*, Lantenac déclare : « Décidément [...] il nous faut les Anglais. »

A quelle réalité historique Victor Hugo fait-il allusion ? Renseignez-vous sur les relations qui se sont établies entre certains chefs de l'armée blanche (Stofflet, Charette, Cadoudal, par exemple) et les Anglais. Quelles armées européennes ont accueilli des émigrés français ? Quelles liaisons ont tentées l'armée catholique et royale et les armées étrangères ?

Il y eut effectivement des projets communs de débarquement sur les côtes de l'Ouest (mais pas à Dol comme dans le roman !). Renseignez-vous sur Granville et Quiberon.

Écrivons un scénario

Si on adaptait *Quatrevingt-treize* au cinéma, la scène de la bataille de Dol serait certainement un morceau de bravoure pour le metteur en scène.

Sur la séquence (l. 59 à 102), prévoyez le découpage des plans : plans d'ensemble, gros plans sur des détails, plans sur des personnages. Donnez les indications de mouvements, de lumière ou d'obscurité (nuit, fumée, éclairs, lueurs, etc.), de bruits (rumeurs confuses, hourvari, ou sons précis tels que coups de fusil, coups de canon, cris, appels), etc.

6. LES DEUX VISAGES DE LA RÉPUBLIQUE

C'est pendant la bataille de Dol que Cimourdain rejoint l'armée républicaine ; il assiste à la victoire de Gauvain.

Le jeune commandant républicain, après Dol, vole encore de victoire en victoire ; en partie grâce à lui, la république est en train de reprendre le dessus dans toute cette partie de la Bretagne. Cimourdain observe et surveille ; il est investi des pleins pouvoirs, il n'a qu'un mot à dire pour obtenir que la république élève Gauvain au grade de général... Mais il est obligé de constater que les soupçons du Comité de salut public sont fondés : capable de toutes les audaces pendant la bataille, après la victoire, Gauvain se montre clément.

Le désaccord entre deux conceptions de la république (conciliante selon Gauvain, ou implacable selon Cimourdain) finit par créer un conflit ouvert entre les deux amis, le commandant militaire et le délégué civil.

Cette sourde guerre ne pouvait pas ne point éclater. Un matin la bataille commença.

Cimourdain dit à Gauvain :

— Où en sommes-nous ?

Gauvain répondit :

— Vous le savez aussi bien que moi. J'ai dispersé les bandes de Lantenac. Il n'a plus avec lui que quelques hommes. Le voilà acculé à la forêt de Fougères. Dans huit jours, il sera cerné.

— Et dans quinze jours ?

— Il sera pris.

— Et puis ?

— Vous avez vu mon affiche ?

— Oui. Eh bien ?

— Il sera fusillé.

— Encore de la clémence. Il faut qu'il soit guillotiné.

— Moi, dit Gauvain, je suis pour la mort militaire.

— Et moi, répliqua Cimourdain, pour la mort révolutionnaire.

Il regarda Gauvain en face et lui dit :

— Pourquoi as-tu fait mettre en liberté ces religieuses du couvent de Saint-Marc-le-Blanc ?

— Je ne fais pas la guerre aux femmes, répondit Gauvain.

— Ces femmes-là haïssent le peuple. Et pour la haine une femme vaut dix hommes. Pourquoi as-tu refusé d'envoyer au tribunal révolutionnaire tout ce troupeau de vieux prêtres fanatiques pris à Louvigné ?

— Je ne fais pas la guerre aux vieillards.

— Un vieux prêtre est pire qu'un jeune. La rébellion est plus dangereuse, prêchée par les cheveux blancs. On a foi dans les rides. Pas de fausse pitié, Gauvain. Les régicides[1] sont les libérateurs. Aie l'œil fixé sur la tour du Temple[2].

— La tour du Temple ! J'en ferais sortir le dauphin. Je ne fais pas la guerre aux enfants.

L'œil de Cimourdain devint sévère.

— Gauvain, sache qu'il faut faire la guerre à la femme quand elle se nomme Marie-Antoinette, au vieillard quand il se nomme Pie VI, pape, et à l'enfant quand il se nomme Louis Capet.

— Mon maître, je ne suis pas un homme politique.

— Tâche de ne pas être un homme dangereux. Pourquoi, à l'attaque du poste de Cossé, quand le rebelle Jean Treton, acculé et perdu, s'est rué seul, le sabre au poing, contre toute ta colonne, as-tu crié : *Ouvrez les rangs. Laissez passer ?*

— Parce qu'on ne se met pas à quinze cents pour tuer un homme.

— Pourquoi, à la Cailleterie d'Astillé, quand tu as vu que tes soldats allaient tuer le Vendéen Joseph Bézier, qui était blessé et qui se traînait, as-tu crié : *Allez en avant ! J'en fais mon affaire !* et as-tu tiré ton coup de pistolet en l'air ?

— Parce qu'on ne tue pas un homme à terre.

— Et tu as eu tort. Tous deux sont aujourd'hui chefs de bande ; Joseph Bézier, c'est Moustache, et Jean Treton, c'est Jambe-d'Argent. En sauvant ces deux hommes, tu as donné deux ennemis à la république.

— Certes, je voudrais lui faire des amis, et non lui donner des ennemis.

---

1. *Régicides :* ceux qui mettent à mort les rois.

2. *La tour du Temple :* prison de la famille royale à Paris.

G. Brion, Gauvain,
Maison de Victor Hugo, Paris.

— Pourquoi, après la victoire de Landéan, n'as-tu pas fait fusiller tes trois cents paysans prisonniers ?

— Parce que, Bonchamp[3] ayant fait grâce aux prisonniers républicains, j'ai voulu qu'il fût dit que la république faisait grâce aux prisonniers royalistes.

— Mais alors, si tu prends Lantenac, tu lui feras grâce ?

— Non.

— Pourquoi ? Puisque tu as fait grâce aux trois cents paysans ?

— Les paysans sont des ignorants ; Lantenac sait ce qu'il fait.

— Mais Lantenac est ton parent ?

— La France est la grande parente.

— Lantenac est un vieillard.

— Lantenac est un étranger. Lantenac n'a pas d'âge. Lantenac appelle les Anglais. Lantenac, c'est l'invasion. Lantenac est l'ennemi de la patrie. Le duel entre lui et moi ne peut finir que par sa mort, ou la mienne.

— Gauvain, souviens-toi de cette parole.

— Elle est dite.

Il y eut un silence, et tous deux se regardèrent.

Et Gauvain reprit :

— Ce sera une date sanglante que cette année 93 où nous sommes.

— Prends garde, s'écria Cimourdain. Les devoirs terribles existent. N'accuse pas qui n'est point accusable. Depuis quand la maladie est-elle la faute du médecin ? Oui, ce qui caractérise cette année énorme, c'est d'être sans pitié. Pourquoi ? parce qu'elle est la grande année révolutionnaire. Cette année où nous sommes incarne la révolution. La révolution a un ennemi, le vieux monde, et elle est sans pitié pour lui, de même que le chirurgien a un ennemi, la gangrène[4], et est sans pitié pour elle. [...] Un chirurgien ressemble à un boucher ; un guérisseur peut faire l'effet d'un bourreau. La révolution se dévoue à son œuvre fatale. Elle mutile, mais elle sauve. Quoi ! vous lui demandez grâce pour le virus ! vous voulez qu'elle soit clémente pour ce qui est vénéneux ! Elle n'écoute pas.

---

3. *Bonchamp* : marquis de Bonchamp, chef vendéen (1760-1793) (cf. Documentons-nous, page 59).

4. *Gangrène* : pourrissement progressif de l'organisme.

Elle tient le passé, elle l'achèvera. Elle fait à la civilisation une incision profonde, d'où sortira la santé du genre humain. Vous souffrez ? sans doute. Combien de temps cela durera-t-il? Le temps de l'opération. Ensuite vous vivrez. La révolution ampute le monde. De là cette hémorragie, 93.

— Le chirurgien est calme, dit Gauvain, et les hommes que je vois sont violents. [...]

Et Gauvain reprit :

— Liberté, Égalité, Fraternité, ce sont des dogmes de paix et d'harmonie. Pourquoi leur donner un aspect effrayant ? Que voulons-nous ? conquérir les peuples à la république universelle. Eh bien, ne leur faisons pas peur. A quoi bon l'intimidation ? Pas plus que les oiseaux, les peuples ne sont attirés par l'épouvantail. Il ne faut pas faire le mal pour faire le bien. On ne renverse pas le trône pour laisser l'échafaud debout. Mort aux rois, et vie aux nations. Abattons les couronnes, épargnons les têtes. La révolution, c'est la concorde[5] et non l'effroi. Les idées douces sont mal servies par les hommes incléments. Amnistie[6] est pour moi le plus beau mot de la langue humaine. Je ne veux verser de sang qu'en risquant le mien. Du reste je ne sais que combattre, et je ne suis qu'un soldat. Mais si l'on ne peut pardonner, cela ne vaut pas la peine de vaincre. Soyons pendant la bataille les ennemis de nos ennemis, et après la victoire leurs frères.

— Prends garde, répéta Cimourdain. [...] Gauvain, tu es pour moi plus que mon fils, prends garde !

Et il ajouta, pensif :

— Dans des temps comme les nôtres, la pitié peut être une des formes de la trahison.

En entendant parler ces deux hommes, on eût cru entendre le dialogue de l'épée et de la hache.

Troisième partie, livre deuxième, ch. VII.

5. *Concorde :* paix et harmonie.

6. *Amnistie :* grâce, pardon, oubli de la faute.

Comprenons le texte

1. Lorsque Cimourdain pose la question : « Où en sommes-nous ? », que veut-il, en réalité, faire préciser à Gauvain ?
Quels reproches, à partir de la ligne 16, adresse-t-il à Gauvain ?

2. Comment Gauvain justifie-t-il sa clémence ? Pourquoi Cimourdain ne se satisfait-il pas de ces réponses ? (Appuyez-vous en particulier sur la réplique, lignes 52 à 55).

3. Dans les lignes 63 à 71, pourquoi Cimourdain insiste-t-il tant ? Que veut-il obtenir en rappelant à Gauvain ses précédents scrupules ?

4. Par quels arguments Gauvain rend-il crédible son engagement ?

5. Pour Cimourdain, qui est le véritable responsable de la Terreur ? Que sortira-t-il de cette violence ?

6. A quoi est comparée la société ? A quoi est comparée l'année 93 ? Étudiez le développement de la métaphore de la ligne 83 à la ligne 99.

7. A quels principes Gauvain est-il attaché ? Dans tout le passage (lignes 100 à 118), étudiez le rythme des phrases et les oppositions de termes qui expriment les positions de Gauvain.

8. Quel caractère donne à l'ensemble du chapitre le retour, à la ligne 119, de l'avertissement déjà prononcé par Cimourdain à la ligne 82 ?

9. L'échange d'idées qui vient de se dérouler entre les deux hommes a-t-il modifié quelque chose ? Expliquez l'image de la dernière ligne.

Vocabulaire

Les suffixes. Le texte contient le mot « régicide ». Quelle est l'origine du suffixe ***-cide*** ? Quel est son sens ?
Cherchez d'autres mots formés avec ce suffixe.
Continuez le même travail avec les suffixes grecs : ***-atie, -phobe, -phile, -archie, -phone, -logie, -algie, -graphe, -anthrope, -patie***...
et pour le latin : ***-dien*** *(dies, ei)*, ***-lude*** *(ludus, i)*.

Documentons-nous

BONCHAMP : ce chef vendéen est cité par Gauvain (l. 60) pour un acte de clémence qui est authentique. Blessé à la bataille de Cholet, en octobre 1793, Bonchamp, avant de mourir, a plaidé la cause, et obtenu la grâce, de 4 000 prisonniers républicains qui étaient détenus à l'abbaye de Saint-Florent.

Le général Lazare HOCHE est lui aussi resté célèbre pour la manière à la fois ferme et clémente avec laquelle il a réussi sa mission qui était de « pacifier la Vendée » après le débarquement de Quiberon (juin 1795) et dans le courant de l'année 1796 ; c'est en particulier dans le domaine religieux qu'il a su faire preuve d'une très grande tolérance.

Le père de Victor Hugo, le futur général d'Empire, a participé comme jeune capitaine républicain aux guerres de Vendée. Il aurait, paraît-il, laissé le souvenir légendaire de sa grande bonté ; c'est ce qu'évoque madame Adèle Hugo dans *Victor Hugo raconté par un témoin de sa vie* :

Il était humain jusqu'à l'attendrissement. Dans cette guerre implacable où l'on ne faisait pas de prisonniers et où il fallait tuer pour ne pas mourir, il eut plusieurs fois le bonheur de sauver des existences. A l'attaque de la Chevrollière, Muscar, qui commandait l'expédition, ayant été mis hors de combat par sept coups de feu, le désigna pour commander à sa place. Les chouans, vivement envahis, prirent la fuite à travers la lande, laissant à l'ennemi les vieillards, les femmes et les enfants. Hugo les prit, sachant qu'ils seraient plus en sûreté avec lui qu'ailleurs ; voyant un petit enfant de cinq mois qu'une nourrice, car ce ne pouvait être sa mère, avait jeté en s'enfuyant, il le ramassa et lui chercha aussitôt une nourrice parmi les prisonnières. L'expédition terminée, il remit en liberté cette population reconnaissante et lui donna des vivres pour plusieurs jours.

Madame Hugo, *Victor Hugo raconté par un témoin de sa vie*,
Œuvres complètes de Victor Hugo, Éd. Rencontre.

Exprimons-nous

1. Rédigez un dialogue. Imaginez une situation dans laquelle un personnage contraint son interlocuteur à se justifier. Vous pourrez vous inspirer des lignes 21 à 78 du chapitre 6. Efforcez-vous de varier les procédés de questionnement, ainsi que les termes qui introduisent les justifications.

2. Résumez clairement les arguments de Cimourdain et de Gauvain. Sur quels points sont-ils au fond d'accord, en dépit de leur affrontement ?

Quelles conceptions différentes de la révolution développent-ils l'un et l'autre ?

Vous pourrez dire en conclusion lequel des deux vous paraît le plus convaincant.

Vous pouvez, si vous le souhaitez, exprimer vos propres réflexions sur cette question.

7. LES PRISONNIERS DE LA TOUR GAUVAIN

En juillet et août 1793, les blancs sont harcelés par l'armée républicaine qui remporte des victoires à Nantes, Cholet, Saumur, La Roche-sur-Yon... Mais les royalistes ne désarment pas pour autant ; au contraire, ils menacent de reconquérir le port de La Rochelle ; la flotte anglaise croise dans les eaux de Guernesey et n'attend qu'un signe de Lantenac pour débarquer une armée sur les côtes françaises. La lutte est acharnée. De part et d'autre, c'est le même mot d'ordre : Pas de grâce !

Or Lantenac est en difficulté. Pourchassé par la colonne expéditionnaire que conduit Gauvain, il est amené à se réfugier avec une poignée de partisans dans son propre château près de Fougères, la tour Gauvain, dite la Tourgue. Mais son refuge devient très vite sa prison.

Dans ce mois d'août la Tourgue était assiégée.

Un soir, pendant le lever des étoiles, dans le calme d'un crépuscule caniculaire[1], pas une feuille ne remuant dans la forêt, pas une herbe ne frissonnant dans la plaine, à travers le silence de la nuit tombante, un son de trompe se fit entendre. Ce son de trompe venait du haut de la tour.

A ce son de trompe répondit un coup de clairon qui venait d'en bas.

Au haut de la tour il y avait un homme armé ; en bas, dans l'ombre, il y avait un camp.

On distinguait confusément dans l'obscurité autour de la Tour Gauvain un fourmillement de formes noires. Ce fourmillement était un bivouac. [...]

La Tourgue était bloquée.

L'étendue du bivouac des assiégeants indiquait une troupe nombreuse.

Le camp serrait la forteresse étroitement, et venait du côté de la tour jusqu'au rocher et du côté du pont jusqu'au ravin.

Il y eut un deuxième bruit de trompe que suivit un deuxième coup de clairon.

---

1. *Caniculaire :* excessivement chaud.

Cette trompe interrogeait et ce clairon répondait.

Cette trompe, c'était la tour qui demandait au camp : peut-on vous parler ? et ce clairon, c'était le camp qui répondait oui. [...]

Le clairon ayant répondu au deuxième appel, l'homme qui était au haut de la tour parla, et l'on entendit ceci :

— Hommes qui m'écoutez, je suis Gouge-le-Bruant, surnommé Brise-bleu, parce que j'ai exterminé beaucoup des vôtres, et surnommé aussi l'Imânus, parce que j'en tuerai encore plus que je n'en ai tué ; j'ai eu le doigt coupé d'un coup de sabre sur le canon de mon fusil à l'attaque de Granville, et vous avez fait guillotiner à Laval mon père et ma mère et ma sœur Jacqueline, âgée de dix-huit ans. Voilà ce que je suis.

Je vous parle au nom de monseigneur le marquis Gauvain de Lantenac, vicomte de Fontenay, prince breton, seigneur des sept forêts, mon maître. [...] Hommes qui nous assiégez, faites silence.

Voici ce qu'il importe que vous entendiez :

N'oubliez pas que la guerre que vous nous faites n'est point juste. Nous sommes des gens qui habitons notre pays, et nous combattons honnêtement, et nous sommes simples et purs sous la volonté de Dieu comme l'herbe sous la rosée. C'est la république qui nous a attaqués ; elle est venue nous troubler dans nos campagnes, et elle a brûlé nos maisons et nos récoltes et mitraillé nos métairies, et nos femmes et nos enfants ont été obligés de s'enfuir pieds nus dans les bois pendant que la fauvette d'hiver chantait encore.

Vous qui êtes ici et qui m'entendez, vous nous avez traqués dans la forêt, et vous nous cernez dans cette tour ; vous avez tué ou dispersé ceux qui s'étaient joints à nous ; vous avez du canon ; vous avez réuni à votre colonne les garnisons et postes de Morlaix, de Barenton, de Teilleul, de Landivy, d'Évran, de Tinteniac et de Vitré, ce qui fait que vous êtes quatre mille cinq cents soldats qui nous attaquez ; et nous, nous sommes dix-neuf hommes qui nous défendons.

Nous avons des vivres et des munitions. [...]

Hommes qui êtes au bas de cette tour, écoutez.

Nous avons en nos mains trois prisonniers, qui sont trois enfants. Ces enfants ont été adoptés par un de vos bataillons, et ils sont à vous. Nous vous offrons de vous rendre ces trois enfants.

A une condition.

C'est que nous aurons la sortie libre.

Si vous refusez, écoutez bien, vous ne pouvez attaquer que de deux façons : par la brèche[2], du côté de la forêt ; ou par le pont, du côté du plateau. Le bâtiment sur le pont a trois étages ; dans l'étage d'en bas, moi l'Imânus, moi qui vous parle, j'ai fait mettre six tonnes de goudron et cent fascines[3] de bruyères sèches ; dans l'étage d'en haut, il y a de la paille ; dans l'étage du milieu, il y a des livres et des papiers ; la porte de fer qui communique du pont avec la tour est fermée, et monseigneur en a la clef sur lui ; moi, j'ai fait sous la porte un trou, et par ce trou passe une mèche soufrée dont un bout est dans une des tonnes de goudron et l'autre bout à la portée de ma main, dans l'intérieur de la tour ; j'y mettrai le feu quand bon me semblera. Si vous refusez de nous laisser sortir, les trois enfants seront placés dans le deuxième étage du pont, entre l'étage où aboutit la mèche soufrée et où est le goudron, et l'étage où est la paille, et la porte de fer sera refermée sur eux. Si vous attaquez par le pont, ce sera vous qui incendierez le bâtiment ; si vous attaquez par la brèche, ce sera nous ; si vous attaquez à la fois par la brèche et par le pont, le feu sera mis à la fois par vous et par nous ; et, dans tous les cas, les trois enfants périront.

A présent, acceptez ou refusez.

Si vous acceptez, nous sortons.

Si vous refusez, les enfants meurent.

J'ai dit. —

L'homme qui parlait du haut de la tour se tut.

Une voix d'en bas cria :

— Nous refusons.

C'est Cimourdain qui vient de rejeter résolument ce chantage. L'assaut est, par conséquent, imminent. Les bleus préviennent les assiégés que, lorsqu'ils entendront le canon, ce sera le signal du début des hostilités.

Pendant ce temps, à l'intérieur de la Tourgue, les trois petits prisonniers s'amusent avec l'inconscience de leur âge. Ils explorent leur nouveau domaine ; tout les fascine, la lumière, les bruits, les objets, le mobilier, les livres, un cloporte, les hirondelles, une abeille...

---

2. *Brèche :* les canons républicains ont creusé une ouverture au pied de la tour.

3. *Fascines :* fagots.

V. Hugo, La Tourgue en 1835,
Maison de Victor Hugo, Paris.

Tant que l'abeille fut là, les trois petits ne la quittèrent pas des yeux.

L'abeille explora toute la bibliothèque, fureta les recoins, voleta ayant l'air d'être chez elle et dans une ruche, et rôda, ailée et mélodieuse, d'armoire en armoire, regardant à travers les vitres les titres des livres, comme si elle eût été un esprit.

Sa visite faite, elle partit.

— Elle va dans sa maison, dit René-Jean.

— C'est une bête, dit Gros-Alain.

— Non, repartit René-Jean, c'est une mouche.

— Muche, dit Georgette.

Là-dessus, Gros-Alain, qui venait de trouver à terre une ficelle à l'extrémité de laquelle il y avait un nœud, prit entre son pouce et son index le bout opposé au nœud, fit de la ficelle une sorte de moulinet, et la regarda tourner avec une attention profonde.

De son côté, Georgette, redevenue quadrupède[4], et ayant repris son va-et-vient capricieux sur le plancher, avait découvert un vénérable[5] fauteuil de tapisserie mangé des vers dont le crin sortait par plusieurs trous. Elle s'était arrêtée à ce fauteuil. Elle élargissait les trous et tirait le crin avec recueillement.

Brusquement, elle leva un doigt, ce qui voulait dire :
— Écoutez.

Les deux frères tournèrent la tête.

Un fracas vague et lointain s'entendait au-dehors ; c'était probablement le camp d'attaque qui exécutait quelque mouvement stratégique dans la forêt ; des chevaux hennissaient, des tambours battaient, des caissons roulaient, des chaînes s'entre-heurtaient, des sonneries militaires s'appelaient et se répondaient, confusion de bruits farouches qui en se mêlant devenaient une sorte d'harmonie ; les enfants écoutaient, charmés.

— C'est le mondieu qui fait ça, dit René-Jean.

Le bruit cessa.

René-Jean était demeuré rêveur.

Comment les idées se décomposent-elles et se recomposent-elles dans ces petits cerveaux-là ? Quel est le remuement

4. *Quadrupède :* Georgette, la plus petite, est plus à l'aise à quatre pattes pour se déplacer.

5. *Vénérable :* ancien, digne de respect.

mystérieux de ces mémoires si troubles et si courtes encore ? Il se fit dans cette douce tête pensive un mélange du mondieu, de la prière, des mains jointes, d'on ne sait quel tendre sourire qu'on avait sur soi autrefois, et qu'on n'avait plus, et René-Jean chuchota à demi-voix :

— Maman.

— Maman, dit Gros-Alain.

— Mman, dit Georgette.

Et puis René-Jean se mit à sauter.

Ce que voyant, Gros-Alain sauta.

Gros-Alain reproduisait tous les mouvements et tous les gestes de René-Jean ; Georgette moins. Trois ans, cela copie quatre ans ; mais vingt mois, cela garde son indépendance.

Georgette resta assise, disant de temps en temps un mot. Georgette ne faisait pas de phrases.

C'était une penseuse ; elle parlait par apophtegmes[6]. Elle était monosyllabique[7].

Au bout de quelque temps néanmoins, l'exemple la gagna, et elle finit pas tâcher de faire comme ses frères, et ces trois petites paires de pieds nus se mirent à danser, à courir et à chanceler, dans la poussière du vieux parquet de chêne poli, sous le grave regard des bustes de marbre[8] auxquels Georgette jetait de temps en temps de côté un œil inquiet, en murmurant : — Les Momommes !

Dans le langage de Georgette, un « momomme », c'était tout ce qui ressemblait à un homme et pourtant n'en était pas un. Les êtres n'apparaissent à l'enfant que mêlés aux fantômes.

Georgette, marchant moins qu'elle n'oscillait, suivait ses frères, mais plus volontiers à quatre pattes.

Subitement, René-Jean, s'étant approché d'une croisée, leva la tête, puis la baissa, et alla se réfugier derrière le coin du mur de l'embrasure de la fenêtre. Il venait d'apercevoir quelqu'un qui le regardait. C'était un soldat bleu du campement du plateau qui, profitant de la trêve et l'enfreignant[9] peut-être un peu, s'était hasardé jusqu'à venir au bord de l'escarpement du ravin d'où l'on découvrait l'intérieur de la bibliothèque.

---

6. *Apophtegmes :* préceptes moraux, sentences.
7. *Monosyllabique :* une seule syllabe ; le vocabulaire de la petite est encore très restreint.
8. *Bustes de marbre :* statues représentant les ancêtres des Gauvain et des Lantenac.
9. *Enfreignant :* dépassant les limites de ce qui est permis.

Voyant René-Jean se réfugier, Gros-Alain se réfugia ; il se blottit à côté de René-Jean, et Georgette vint se cacher derrière eux. Ils demeurèrent là en silence, immobiles, et Georgette mit son doigt sur ses lèvres. Au bout de quelques instants, René-Jean se risqua à avancer la tête ; le soldat y était encore. René-Jean rentra sa tête vivement ; et les trois petits n'osèrent plus souffler. Cela dura assez longtemps. Enfin cette peur ennuya Georgette, elle eut de l'audace, elle regarda. Le soldat[10] s'en était allé. Ils se remirent à courir et à jouer. [...]

Cependant le soir venait, la chaleur augmentait, la sieste était dans l'air, les yeux de Georgette devenaient vagues, René-Jean alla à son berceau, en tira le sac de paille qui lui tenait lieu de matelas, le traîna jusqu'à la fenêtre, s'allongea dessus et dit : — Couchons-nous. Gros-Alain mit sa tête sur René-Jean, Georgette mit sa tête sur Gros-Alain, et les trois malfaiteurs s'endormirent. [...]

Ils étaient gracieusement groupés l'un sur l'autre, immobiles, demi-nus, dans des poses d'amours[11] ; ils étaient adorables et purs, à eux trois ils n'avaient pas neuf ans, ils faisaient des songes de paradis qui se reflétaient sur leurs bouches en vagues sourires, Dieu leur parlait peut-être à l'oreille, ils étaient ceux que toutes les langues humaines appellent les faibles et les bénis, ils étaient les innocents vénérables[12] ; tout faisait silence comme si le souffle de leurs douces poitrines était l'affaire de l'univers et était écouté de la création entière, les feuilles ne bruissaient pas, les herbes ne frissonnaient pas ; il semblait que le vaste monde étoilé retînt sa respiration pour ne point troubler ces trois humbles dormeurs angéliques, et rien n'était sublime comme l'immense respect de la nature autour de cette petitesse.

Le soleil allait se coucher et touchait presque à l'horizon. Tout à coup, dans cette paix profonde, éclata un éclair qui sortit de la forêt, puis un bruit farouche. On venait de tirer un coup de canon[13]. Les échos s'emparèrent de ce bruit et en firent un fracas. Le grondement prolongé de colline en colline fut monstrueux. Il réveilla Georgette.

10. *Le soldat* : c'est le sergent Radoub ; en profitant de la trêve pour explorer les abords de la Tourgue, il a aperçu et reconnu les enfants adoptés par son bataillon.
11. *Poses d'amours* : poses charmantes qui évoquent les petits Cupidons des peintures.
12. *Vénérables* : leur faiblesse les rend sacrés.
13. *Coup de canon* : c'est le signal qui marque le début des hostilités.

Elle souleva un peu sa tête, dressa son petit doigt, écouta et dit :

— Poum !

Le bruit cessa, tout rentra dans le silence, Georgette remit sa tête sur Gros-Alain, et se rendormit.

Troisième partie, livre deuxième, ch. X ; livre troisième, ch. III, IV et VII.

Comprenons le texte

1. Dégagez les grandes parties du premier passage (l. 1 à 91).

2. Comment communiquent les ennemis ? Quels codes utilisent-ils ? Quel est le rapport de forces ?

3. Comment l'Imânus se présente-t-il, et comment présente-t-il ceux de son camp ? Relevez tous les arguments avancés pour justifier les propositions qui vont suivre.

4. Dans les lignes 64 à 87, quelle est la construction grammaticale qui revient de manière insistante ? Quelles intentions successives sont ainsi exprimées ?

5. Étudiez le contraste entre les deux dernières répliques (lignes 85 à 91) et l'amplitude du discours qui précède.

6. Faites le plan de tout le passage concernant les enfants (l. 92 à 207), en repérant toutes les alternances entre les scènes se déroulant à l'intérieur et ce qui se passe à l'extérieur. Que révèle cette composition ? Quelle émotion Victor Hugo cherche-t-il ainsi à faire naître ?

7. Par quelle source le lecteur est-il informé de ce qui se passe au pied de la Tourgue ? Expliquez : « Les enfants écoutaient, charmés. »

8. Comment Victor Hugo évoque-t-il les relations entre les trois enfants ? Comment raconte-t-il leurs jeux ?

9. Quelles observations Victor Hugo fait-il sur la formation des mots et des idées chez les enfants ? Reportez-vous surtout aux lignes 125 à 137.

Quels sentiments éprouve-t-il à l'égard de l'enfance ? Appuyez-vous en particulier sur les lignes 183 à 196.

Rédigeons

Étudiez d'abord avec précision l'emploi de « si » et le choix des temps dans le passage de la ligne 64 à la ligne 87.

Récrivez le passage en remplaçant les présents de l'indicatif par des futurs, et réciproquement. Réfléchissez alors aux nuances de sens que cette substitution entraîne.

Ensuite, sur n'importe quel sujet, rédigez un texte dans lequel vous emploierez le plus grand nombre possible de « si ».

Variez les temps et les modes afin d'exprimer les nuances. Essayez aussi d'exprimer l'hypothèse avec d'autres mots que « si ».

Comparons

1. Dans le poème qui suit, « La voix d'un enfant » (extrait de *l'Idylle du vieillard,* 1870), Victor Hugo a déjà développé des idées proches de celles qu'on vient de lire sur le langage des enfants dans *Quatrevingt-treize.* C'est aux origines du langage qu'il s'intéresse ; il s'attache à montrer que le « gazouillement » et les sonorités malhabiles, loin d'être dénués de sens, accèdent, plus que le langage des hommes, à une communication entre la nature et le ciel, entre les choses de la matière et celles de l'esprit.

Victor Hugo s'inspire, assez librement, des travaux d'un savant, Ernest Renan : *De l'origine du langage,* publié en 1858.

Que dit-il ? Croyez-vous qu'il parle ? J'en suis sûr.
Mais à qui parle-t-il ? A quelqu'un dans l'azur ;
A ce que nous nommons les esprits ; à l'espace,
Au doux battement d'aile invisible qui passe,
A l'ombre, au vent, peut-être au petit frère mort.
L'enfant apporte un peu de ce ciel dont il sort ;
Il ignore, il arrive ; homme, tu le recueilles.
Il a le tremblement des herbes et des feuilles.
La jaserie avant le langage est la fleur
Qui précède le fruit, moins beau qu'elle, et meilleur. [...]
Le voit-on jusqu'au fond ce langage où l'on sent
Passer tout ce qui fait tressaillir l'innocent ?
Non. Les hommes émus écoutent ces mêlées
De syllabes dans l'aube adorable envolées,

Idiome[1] où le ciel laisse un reste d'accent,
Mais ne comprennent pas, et s'en vont en disant :
— « Ce n'est rien ; c'est un souffle, une haleine, un murmure ;
Le mot est incomplet quand l'âme n'est pas mûre. »
Qu'en savez-vous ? Ce cri, ce chant qui sort d'un nid,
C'est l'homme qui commence et l'ange qui finit. [...]
Oui, le gazouillement, musique molle et vague,
Brouillard de mots divins confus comme la vague,
Chant dont les nouveau-nés ont le charmant secret,
Et qui de la maison passe dans la forêt,
Est tout un verbe, toute une langue, un échange
De l'aube avec l'étoile et de l'âme avec l'ange,
Idiome des nids, truchement[2] des berceaux,
Pris aux petits enfants par les petits oiseaux.

Victor Hugo, « la Voix d'un enfant », *l'Idylle du vieillard.*

2. Victor Hugo a souvent évoqué, dans ses poésies comme dans ses romans, le monde des enfants.

Relisez, par exemple, les textes dédiés à sa fille Léopoldine, ou à ses petits-enfants Georges et Jeanne.

Retrouvez dans *les Misérables* quelques pages consacrées à des personnages d'enfants : Cosette, Gavroche.

1. *Idiome :* langage grâce auquel se comprennent les membres d'une communauté.

2. *Truchement :* traducteur, interprète.

8. L'ASSAUT

L'assaut est donné. Les royalistes, quelles que soient leur détermination et leur ardeur, n'auront aucune chance de se sauver. Cimourdain est tellement convaincu de l'issue qu'il a déjà fait venir la guillotine : pour l'exemple, le ci-devant Lantenac sera décapité sur ses terres.

Tandis que les bleus commencent à approcher, les blancs se préparent à une résistance désespérée.

Les assiégés s'étaient vantés. Ils avaient très peu de munitions. Leur situation, insistons-y, était plus critique encore que les assiégeants ne le supposaient. S'ils avaient eu assez de poudre, ils auraient fait sauter la Tourgue, eux et l'ennemi dedans ; c'était leur rêve ; mais toutes leurs réserves étaient épuisées. A peine avaient-ils trente coups à tirer par homme. Ils avaient beaucoup de fusils, d'espingoles[1] et de pistolets, et peu de cartouches. Ils avaient chargé toutes les armes afin de pouvoir faire un feu continu ; mais combien de temps durerait ce feu ? Il fallait à la fois le nourrir et le ménager. Là était la difficulté. Heureusement — bonheur sinistre — la lutte serait surtout d'homme à homme, et à l'arme blanche ; au sabre et au poignard. On se colletterait[2] plus qu'on ne se fusillerait. On se hacherait ; c'était là leur espérance. [...]

L'Imânus, du haut de la tour, surveillait l'approche des assiégeants. Lantenac avait commandé de ne pas tirer et de les laisser arriver. Il avait dit : — Ils sont quatre mille cinq cents. Tuer dehors est inutile. Ne tuez que dedans. Dedans, l'égalité se refait.

Et il avait ajouté en riant : — Égalité, Fraternité.

Il était convenu que lorsque l'ennemi commencerait son mouvement, l'Imânus, avec sa trompe, avertirait.

1. *Espingoles :* arbalètes.

2. *On se colletterait :* on lutterait au corps à corps.

Tous, en silence, postés derrière la retirade[3], ou sur les marches des escaliers, attendaient, une main sur leur mousquet[4], l'autre sur leur rosaire[5].

La situation se précisait, et était ceci :

Pour les assaillants, une brèche à gravir, une barricade à forcer, trois salles superposées à prendre de haute lutte, l'une après l'autre, deux escaliers tournants à emporter marche par marche, sous une nuée de mitraille ; pour les assiégés, mourir. [...]

Au moment où le premier flot des assiégeants entra, toute la retirade se couvrit d'éclairs, et ce fut quelque chose comme la foudre éclatant sous terre. Le tonnerre assaillant répliqua au tonnerre embusqué[6]. Les détonations se ripostèrent ; le cri de Gauvain s'éleva : Fonçons ! Puis le cri de Lantenac : Faites ferme contre l'ennemi ! Puis le cri de l'Imânus : A moi les Mainiaux[7] ! Puis des cliquetis, sabres contre sabres, et, coup sur coup, d'effroyables décharges tuant tout. La torche accrochée au mur éclairait vaguement toute cette épouvante. Impossible de rien distinguer ; on était dans une noirceur rougeâtre ; qui entrait là était subitement sourd et aveugle, sourd du bruit, aveugle de la fumée. Les hommes mis hors de combat gisaient parmi les décombres. On marchait sur des cadavres, on écrasait des plaies, on broyait des membres cassés d'où sortaient des hurlements, on avait les pied mordus par des mourants ; par instants, il y avait des silences plus hideux que le bruit. On se colletait, on entendait l'effrayant souffle des bouches, puis des grincements, des râles, des imprécations[8], et le tonnerre recommençait. Un ruisseau de sang sortait de la tour par la brèche, et se répandait dans l'ombre. Cette flaque sombre fumait dehors dans l'herbe.

On eût dit que c'était la tour elle-même qui saignait et que la géante était blessée.

Chose surprenante, cela ne faisait presque pas de bruit dehors. La nuit était très noire, et dans la plaine et dans la forêt

3. *Retirade* : les assiégés ont aménagé en poste de défense la brèche pratiquée dans le mur de la tour par les boulets républicains.
4. *Mousquet* : arme à feu, assez lourde, que l'on pose au sol sur une petite fourche, et que l'on allume à l'aide d'une mèche.
5. *Rosaire* : grand chapelet.
6. *Embusqué* : caché, posté à l'intérieur de l'abri.
7. *Mainiaux* : gens de l'Ouest (le Maine).
8. *Imprécations* : malédictions, souhaits de malheur contre quelqu'un.

il y avait autour de la forteresse attaquée une sorte de paix funèbre. Dedans c'était l'enfer, dehors c'était le sépulcre[9]. Ce choc d'hommes s'exterminant dans les ténèbres, ces mousqueteries[10], ces clameurs, ces rages, tout ce tumulte expirait sous la masse des murs et des voûtes, l'air manquait au bruit, et au carnage s'ajoutait l'étouffement. Hors de la tour, cela s'entendait à peine. Les petits enfants dormaient pendant ce temps-là.

L'acharnement augmentait. La retirade tenait bon. Rien de plus malaisé à forcer que ce genre de barricade en chevron rentrant[11]. Si les assiégés avaient contre eux le nombre, ils avaient pour eux la position. La colonne d'attaque perdait beaucoup de monde. Alignée et allongée dehors au pied de la tour, elle s'enfonçait lentement dans l'ouverture de la brèche, et se raccourcissait, comme une couleuvre qui entre dans son trou. [...]

Malgré les pertes énormes qu'ils subissent, les républicains l'emportent parce qu'ils sont les plus nombreux. Étage après étage, les sept assiégés encore vivants sont contraints de céder du terrain : les voilà acculés à la plus haute pièce de la tour. Pas d'issue. Plus de munitions...

Ils comptèrent les cartouches. Combien, à eux sept, avaient-ils de coups à tirer ? Quatre.

On était arrivé à ce moment où il n'y a plus qu'à tomber. On était acculé à l'escarpement, béant et terrible. Il était difficile d'être plus près du bord.

Cependant l'attaque venait de recommencer ; mais lente et d'autant plus sûre. On entendait les coups de crosse des assiégeants sondant l'escalier marche à marche.

Nul moyen de fuir. Par la bibliothèque ? Il y avait là sur le plateau six canons braqués, mèche allumée. Par les chambres d'en haut ? A quoi bon ? elles aboutissaient à la plate-forme. Là on trouvait la ressource de se jeter du haut en bas de la tour.

Les sept survivants de cette bande épique se voyaient inexorablement enfermés et saisis par cette épaisse muraille

9. *Sépulcre* : tombeau.
10. *Mousqueteries* : rafales de balles.
11. *Chevron rentrant* : la brèche offre déjà un passage très étroit, et les assiégés l'ont encore encombrée d'objets et de matériaux. Les assaillants, contraints d'emprunter un par un ce labyrinthe, se trouvent de ce fait extrêmement vulnérables.

qui les protégeait et qui les livrait. Ils n'étaient pas encore pris ; mais ils étaient déjà prisonniers.

Le marquis éleva la voix :

— Mes amis, tout est fini.

Et après un silence, il ajouta :

— Grand-Francœur redevient l'abbé Turmeau.

Tous s'agenouillèrent, le rosaire à la main. Les coups de crosse des assaillants se rapprochaient.

Grand-Francœur, tout sanglant d'une balle qui lui avait effleuré le crâne et arraché le cuir chevelu, dressa de la main droite son crucifix. Le marquis, sceptique[12] au fond, mit un genou en terre.

— Que chacun, dit Grand-Francœur, confesse ses fautes à haute voix. Monseigneur, parlez.

Le marquis répondit :

— J'ai tué.

— J'ai tué, dit Hoisnard.

— J'ai tué, dit Guinoiseau.

— J'ai tué, dit Brin-d'Amour.

— J'ai tué, dit Chatenay.

— J'ai tué, dit l'Imânus.

Et Grand-Francœur reprit :

— Au nom de la très Sainte Trinité, je vous absous[13]. Que vos âmes aillent en paix !

— Ainsi soit-il, répondirent toutes les voix.

Le marquis se releva.

— Maintenant, dit-il, mourons.

— Et tuons, dit l'Imânus.

Les coups de crosse commençaient à ébranler le coffre qui barrait la porte.

C'est alors que se produit un coup de théâtre : à la stupéfaction des assiégés, Halmalo[14], un partisan chouan, fait irruption dans la salle comme s'il sortait miraculeusement du mur : enfant du pays, il connaissait depuis toujours le secret d'une pierre tour-

---

12. *Sceptique :* doutant de l'existence de Dieu.
13. *Je vous absous :* je vous accorde le pardon pour vos péchés.
14. *Halmalo :* le marin qui a permis à Lantenac de rejoindre la côte, et qui lui a servi de messager pour rassembler les partisans (cf. chapitre 3).

nante. Il entraîne vivement les survivants dans un escalier en spirale qui relie la plus haute pièce de la Tourgue aux fossés extérieurs du château.

Pour donner quelques minutes de plus aux fuyards, l'Imânus se sacrifie. Seul contre tous, il retarde la montée des républicains, et ne renonce au combat que lorsqu'il est mortellement blessé. Ses camarades sont rendus à la liberté ; le chef de la Vendée est sauvé... Ce qui n'empêche pas l'Imânus, avant de mourir, de mettre à exécution le plan cruel qu'il avait annoncé aux bleus : il allume la mèche soufrée qui va propager le feu dans toute la tour, jusque derrière la porte de fer, dans la bibliothèque où sont enfermés les trois petits otages endormis.

Troisième partie, livre quatrième, ch. VI, IX, XI.

Comprenons le texte

1. Quelle tactique adoptent les blancs ?

2. Dans quel esprit se préparent-ils ?

3. Par quels termes, et quelles constructions de phrases, Victor Hugo rend-il sensible la violence du choc ?

4. Quel est le ton choisi par l'auteur ?

5. Sur quels contrastes Victor Hugo insiste-t-il ?

6. Relevez et expliquez les deux grandes métaphores qui résument des moments de l'action (l. 53-54 et 68 à 71).

7. Comment se comportent les assiégés devant la mort ?

Comparons

Bien avant de rédiger *Quatrevingt-treize*, Victor Hugo a déjà évoqué la Révolution et les guerres de Vendée dans *la Légende des siècles*, publiée en 1859. On y trouve en particulier une évocation de Jean Cottereau, dit Jean Chouan, le héros légendaire des révoltes paysannes :

Les blancs fuyaient, les bleus mitraillaient la clairière.

Un coteau dominait cette plaine, et derrière
Ce monticule nu, sans arbre et sans gazon,
Les farouches forêts emplissaient l'horizon.

En arrière du tertre, abri sûr, rempart sombre,
Les blancs se ralliaient, comptant leur petit nombre,
Et Jean Chouan parut, ses longs cheveux au vent.
— Ah ! personne n'est mort, car le chef est vivant !
Direnţ-ils. Jean Chouan écoutait la mitraille.

Victor Hugo, *la Légende des siècles.*

Retrouvez ce passage qui relate les derniers actes de la vie de Jean Chouan, ainsi que les manières de pratiquer la guerre des blancs et des bleus.

Comparez avec les extraits 1, 3 et 5 de *Quatrevingt-treize.*

Documentons-nous

I. Les conscrits de l'An II

Depuis le décret du 23 août 1793, tous les hommes (célibataires ou veufs sans enfants) de 18 à 25 ans sont réquisitionnés « jusqu'à ce que l'ennemi ait été chassé du territoire de la République » ; ils combattent, loin de chez eux, dans les armées du Nord, du Rhin, d'Italie ou d'Espagne... Les lettres naïves qu'ils envoient à leurs familles offrent de précieux témoignages sur la vie quotidienne, les sentiments, les soucis et les peines, de ces « pacificateurs » de la Vendée.

Au Citoyen Jean David
restant a Bartignat

A Luçon, le 12 de nivose l'an 3è de la République française (1.I.1795)

Mon cher pere et mere
Jay resus votre lettre qui ma bien fait plesir que vous vous portez bien et que vous mavez envoyé mon extrer dage. Je vous oray écrit plutot, mes jay été mallade pendant quelque tant. Mes je sui guérie, grace a Dieu je n'ay point été à lhopital. Je vous diré que nous sommes plus camppé, nous sommes en ville. Je travaille de mon métier en fesant le servisse de la République.

Je vous dirée que l'on craind baucoup la famine dans le pey. Les choses que je vous avez marqué ont ogmenté de plus de moitiés ; toutes les danré sont tres rare et bien cher. On nous a dit que la paix alet se faire bientot dans la Vandée. Pour les frontières on nantanpoint parler comme ça va. [...]
Je vous prie de me faire reponce citot la pressante resu et sillia quelque chose de nouvaux de dans le pey de me le marquer dans la lettre.
Je suis mon cher pere et mer, Votre tres humble et obeissant fils, Benoy David, Canonnier dans la 4è Cie du Puy-de-Dôme a Luçon.

B.T. 2, n° 165, Lettres de conscrits de l'An II.

II. Chansons

Chant des bleus

Chacun connaît *la Carmagnole* (« Madame Veto avait promis... de faire égorter tout Paris... »), le chant patriotique des sans-culottes que l'on dansait autour des arbres de la liberté.

Sur cet air, les bleus ont adapté une *Carmagnole des brigands de la Vendée* :

[...]
Il fallait voir les Poitevins *(bis)*
Se sauver le long des chemins, *(bis)*
Ils quittaient leurs sabots,
Se sauvant au galop.

Refrain.

Craignant la Carmagnole,
Même le son. *(bis)*
Craignant la Carmagnole,
Même le son du canon.

Quand il passait quelques boulets, *(bis)*
Vite ils prenaient un chapelet, *(bis)*
Mais nos coups de fusil
Les mènent au paradis.

Refrain.

Craignant la Carmagnole...

Chant des blancs

Les blancs ont eux aussi leurs chants de combat.
Ils chantent Dieu, le roi, et leurs partisans morts en héros :

Refrain.

Nous n'avons qu'un temps à vivre,
Nous le devons à l'honneur.
C'est son drapeau qu'il faut suivre
Pour arriver au vrai bonheur. *(bis)*

Dieu nous ordonna de combattre
Pour lui, pour son culte et nos rois,
Mourant pour le fils d'Henri Quatre,
Nous obéissons à ses lois. *(bis)*

Les Bretons montreront l'exemple
De ce dévouement généreux.
Que l'univers, qui les contemple
En admirant, dise un jour d'eux : *(bis)*

Refrain.

Nous n'avons qu'un temps à vivre...

Enquêtons

A plusieurs reprises, dans *Quatrevingt-treize*, vous avez pu remarquer que les rebelles vendéens se donnent des noms de guerre (Brise-bleu, Grand-Francœur, Brin-d'amour, etc.).

Faites des recherches sur les surnoms dans les familles, les villages, les quartiers..., sur les noms que prennent au moment de leur initiation les membres de mouvements de jeunesse ou de communautés religieuses, sur les pseudonymes d'artistes, sur les noms de guerre dans les mouvements politiques clandestins, etc.

Selon les circonstances, quel sens faut-il accorder à ces changements de noms ?

Rédigeons

1. Victor Hugo a assimilé la Tourgue à une « géante ». Continuez cette métaphore, faites vivre, souffrir et réagir ce bâtiment comme s'il était un être humain.

Vous pouvez aussi choisir de développer la métaphore de la

colonne des bleus qui, perçue comme un animal, devient une « couleuvre ».

Sur un de ces deux sujets, ou sur tout autre de votre choix, rédigez un texte métaphorique.

2. Inspirez-vous du passage décrivant l'assaut des bleus dans la brèche de la Tourgue, pour rédiger un texte dont le thème sera celui de la bousculade et de la panique.

Utilisez un vocabulaire précis et imagé, et donnez du mouvement à vos phrases.

Réalisons un montage sonore

Écoutez des hymnes nationaux, des chants patriotiques, des chants de partisans, chants de divers pays et de diverses époques.

Par équipes, travaillez sur des thèmes, et choisissez des extraits (par exemple, chants de la Révolution française, chants de la Commune, chants de la guerre d'Espagne, chants de la Résistance, chants des émigrés italiens...).

Montez vos extraits en une bande sonore ; pour compléter votre travail, vous pouvez choisir des diapositives qui illustrent bien le même thème, et les projeter en même temps que se déroule le montage sonore.

9. L'INCENDIE DE LA TOURGUE

Avant qu'ils se séparent au pied de la Tourgue, Lantenac donne des ordres à ses partisans pour le lendemain, car la lutte vendéenne continue.

Tandis qu'il fuit par le ravin longeant le château fort, il aperçoit à travers les broussailles les grandes lueurs de l'incendie ; au même moment, il est arrêté par un cri déchirant qui s'élève au-dessus de sa tête : c'est le cri de Michelle Fléchard, la mère des trois petits. Miraculeusement, la « fusillée[1] *» d'Herbe-en-Pail a survécu.*

Sitôt qu'elle a été guérie de ses blessures, elle est partie à la recherche de ses trois enfants, errant misérablement dans ce pays à feu et à sang ; au mépris de tous les dangers, elle a avancé nuit et jour, n'ayant qu'une idée en tête : trouver la Tourgue, car on dit dans le pays qu'un seigneur s'y est réfugié, et qu'il tient avec lui trois petits enfants.

A la fin d'une épuisante journée, Michelle Fléchard est enfin parvenue sur le plateau face à la Tourgue. Hagarde, exténuée, la mère assiste alors à la dernière phase du drame qui se déroule en ces lieux.

Un souffle de vent passa et fendit le rideau de fumée, et dans la déchirure la tragique bastille[2], soudainement démasquée, se dressa visible tout entière, donjon, pont, châtelet[3], éblouissante, horrible, avec la magnifique dorure de l'incendie, réverbéré sur elle de haut en bas. Michelle Fléchard put tout voir dans la netteté sinistre du feu.

L'étage inférieur du château bâti sur le pont brûlait.

Au-dessus on distinguait les deux autres étages encore intacts, mais comme portés par une corbeille de flammes. Du rebord du plateau, où était Michelle Fléchard, on en voyait vaguement l'intérieur à travers des interpositions de feu et de fumée. Toutes les fenêtres étaient ouvertes.

1. *La « fusillée » :* Lantenac a donné l'ordre de fusiller la vivandière et Michelle Fléchard (cf. chapitre 3).

2. *Bastille :* château fort.

3. *Châtelet :* petit édifice fortifié qui défend le pont du château fort.

D. Maillart, Le Marquis de Lantenac sauve les enfants de Michelle Fléchard,
Maison de Victor Hugo, Paris.

Par les fenêtres du second étage qui étaient très grandes, Michelle Fléchard apercevait, le long des murs, des armoires qui lui semblaient pleines de livres, et, devant une des croisées, à terre, dans la pénombre, un petit groupe confus, quelque chose qui avait l'aspect indistinct et amoncelé d'un nid ou d'une couvée, et qui lui faisait l'effet de remuer par moments.

Elle regardait cela.

Qu'était-ce que ce petit groupe d'ombre ? [...]

Tout à coup le feu, comme s'il avait une volonté, allongea d'en bas un de ses jets vers le grand lierre mort qui couvrait précisément cette façade que Michelle Fléchard regardait. On eût dit que la flamme venait de découvrir ce réseau de branches sèches ; une étincelle s'en empara avidement, et se mit à monter le long des sarments avec l'agilité affreuse des traînées de poudre. En un clin d'œil, la flamme atteignit le second étage. Alors, d'en haut, elle éclaira l'intérieur du premier. Une vive lueur mit subitement en relief trois petits êtres endormis.

C'était un petit tas charmant, bras et jambes mêlés, paupières fermées, blondes têtes souriantes.

La mère reconnut ses enfants.

Elle jeta un cri effrayant.

Ce cri de l'inexprimable angoisse n'est donné qu'aux mères. Rien n'est plus farouche et rien n'est plus touchant. Quand une femme le jette, on croit entendre une louve ; quand une louve le pousse, on croit entendre une femme.

Ce cri de Michelle Fléchard fut un hurlement. Hécube[4] aboya, dit Homère.

C'était ce cri que le marquis de Lantenac venait d'entendre.

On a vu qu'il s'était arrêté.

Le marquis était entre l'issue du passage par où Halmalo l'avait fait échapper, et le ravin. A travers les broussailles entrecroisées sur lui, il vit le pont en flammes, la Tourgue rouge de la réverbération, et par l'écartement de deux branches, il aperçut au-dessus de sa tête, de l'autre côté, sur le rebord du plateau, vis-à-vis du château brûlant et dans le plein jour de l'incendie, une figure hagarde et lamentable, une femme penchée sur le ravin.

---

4. *Hécube* : cf. Homère, *l'Iliade* ; Hécube, épouse du roi Priam, mère de dix-neuf enfants, a vu tous les siens disparaître dans la guerre et l'incendie de Troie ; la tradition a fait de ce personnage un symbole de la douleur maternelle.

C'était de cette femme qu'était venu ce cri. [...]

Le marquis écoutait. Cela tombait sur sa tête ; il entendait on ne sait quoi d'inarticulé et de déchirant, plutôt des sanglots que des paroles.

— Ah ! mon Dieu ! mes enfants ! Ce sont mes enfants ! au secours ! au feu ! au feu ! au feu ! Mais vous êtes donc des bandits ! Est-ce qu'il n'y a personne là ? Mais mes enfants vont brûler ! Ah ! voilà une chose ! Georgette ! mes enfants ! Gros-Alain, René-Jean ! Mais qu'est ce que cela veut dire ? Qui donc a mis mes enfants là ! Ils dorment. Je suis folle ! C'est une chose impossible. Au secours !

Cependant un grand mouvement se faisait dans la Tourgue et sur le plateau. Tout le camp accourait autour du feu qui venait d'éclater. Les assiégeants, après avoir eu affaire à la mitraille, avaient affaire à l'incendie. Gauvain, Cimourdain, Guéchamp donnaient des ordres. Que faire ? Il y avait à peine quelques seaux d'eau à puiser dans le maigre ruisseau du ravin. L'angoisse allait croissant. Tout le rebord du plateau était couvert de visages effarés qui regardaient.

Ce qu'on voyait était effroyable.

On regardait, et l'on n'y pouvait rien.

La flamme, par le lierre qui avait pris feu, avait gagné l'étage d'en haut. Là elle avait trouvé le grenier plein de paille et elle s'y était précipitée. Tout le grenier brûlait maintenant. La flamme dansait ; la joie de la flamme, chose lugubre. [...]

En même temps que la supplication terrible de la mère, des voix s'élevaient sur le plateau et dans le ravin :

— Une échelle !

— On n'a pas d'échelle !

— De l'eau !

— On n'a pas d'eau !

— Là-haut, dans la tour, au second étage, il y a une porte !

— Elle est en fer.

— Enfoncez-la !

— On ne peut pas.

Et la mère redoublait ses appels désespérés :

— Au feu ! au secours ! Mais dépêchez-vous donc ! Alors, tuez-moi ! Mes enfants ! mes enfants ! Ah ! l'horrible feu ! qu'on les en ôte, ou qu'on m'y jette !

Dans les intervalles de ces clameurs on entendait le pétillement tranquille de l'incendie.

Le marquis tâta sa poche et y toucha la clef de la porte de fer[5]. Alors, se courbant sous la voûte par laquelle il s'était évadé, il rentra dans le passage d'où il venait de sortir. [...]

De sourds craquements se mêlaient aux pétillements du brasier. Les vitres des armoires de la bibliothèque se fêlaient, et tombaient avec bruit. Il était évident que la charpente cédait. Aucune force humaine n'y pouvait rien. Encore un moment et tout allait s'abîmer. On n'attendait plus que la catastrophe. On entendait les petites voix répéter : Maman ! maman ! On était au paroxysme[6] de l'effroi.

Tout à coup, à la fenêtre voisine de celle où étaient les enfants, sur le fond pourpre du flamboiement, une haute figure apparut.

Toutes les têtes se levèrent, tous les yeux devinrent fixes. Un homme était là-haut, un homme était dans la salle de la bibliothèque, un homme était dans la fournaise. Cette figure se découpait en noir sur la flamme, mais elle avait des cheveux blancs. On reconnut le marquis de Lantenac.

Il disparut, puis il reparut.

L'effrayant vieillard se dressa à la fenêtre maniant une énorme échelle. C'était l'échelle de sauvetage déposée dans la bibliothèque qu'il était allé chercher le long du mur et qu'il avait traînée jusqu'à la fenêtre. Il la saisit par une extrémité, et, avec l'agilité magistrale d'un athlète, il la fit glisser hors de la croisée, sur le rebord de l'appui extérieur jusqu'au fond du ravin. Radoub, en bas, éperdu, tendit les mains, reçut l'échelle, la serra dans ses bras, et cria : — Vive la République !

Le marquis répondit : — Vive le Roi !

Et Radoub grommela : — Tu peux bien crier tout ce que tu voudras, et dire des bêtises si tu veux, tu es le bon Dieu.

L'échelle était posée ; la communication était établie entre la salle incendiée et la terre ; vingt hommes accoururent, Radoub en tête, et en un clin d'œil ils s'étagèrent du haut en bas, adossés aux échelons, comme les maçons qui montent et qui descendent des pierres. Cela fit sur l'échelle de bois une échelle humaine. Radoub, au faîte de l'échelle, touchait à la fenêtre. Il était, lui, tourné vers l'incendie.

La petite armée, éparse dans les bruyères et sur les pentes,

5. *La clef de la porte de fer :* la clef que l'Imânus lui a remise, après avoir enfermé les trois petits otages.

6. *Paroxysme :* au plus haut point.

se pressait, bouleversée de toutes les émotions à la fois, sur le plateau, dans le ravin, sur la plate-forme de la tour.

Le marquis disparut encore, puis reparut, apportant un enfant.

Il y eut un immense battement de mains.

La mère était au pied de l'échelle, haletante, insensée, ivre de tout cet inattendu, jetée sans transition de l'enfer dans le paradis. L'excès de joie meurtrit le cœur à sa façon. Elle tendait les bras, elle reçut d'abord Gros-Alain, ensuite René-Jean, ensuite Georgette, elle les couvrit pêle-mêle de baisers, puis elle éclata de rire et tomba évanouie.

Un grand cri s'éleva :

— Tous sont sauvés !

Tous étaient sauvés, en effet, excepté le vieillard.

Mais personne n'y songeait, pas même lui peut-être.

Il resta quelques instants rêveur au bord de la fenêtre, comme s'il voulait laisser au gouffre de flamme le temps de prendre un parti. Puis sans se hâter, lentement, fièrement, il enjamba l'appui de la croisée, et, sans se retourner, droit, debout, adossé aux échelons, ayant derrière lui l'incendie, faisant face au précipice, il se mit à descendre l'échelle en silence avec une majesté de fantôme. [...]

Quand le marquis fut en bas, quand il eut atteint le dernier échelon et posé son pied à terre, une main s'abattit sur son collet. Il se retourna.

— Je t'arrête, dit Cimourdain.

— Je t'approuve, dit Lantenac.

Troisième partie, livre cinquième, ch. I et III.

Comprenons le texte

1. Faites le plan du chapitre.

2. Comment Michelle Fléchard reconnaît-elle progressivement ses enfants ?

3. Quel caractère du sentiment maternel Victor Hugo a-t-il voulu privilégier ici ? Étudiez en particulier la phrase : « Quand une femme le jette (ce cri), on croit entendre une louve ; quand une louve le pousse, on croit entendre une femme. »

4. Analysez les exhortations de la mère aux soldats. Reconnaissez-vous la femme passive et résignée du chapitre 1 ?

5. Comment Victor Hugo décrit-il la progression et l'agilité du feu ? Montrez qu'il personnifie le phénomène ; comment en souligne-t-il à la fois l'horreur et la beauté ?

6. Comment s'exprime l'agitation des spectateurs ? Est-elle efficace ?

7. Êtes-vous surpris par le geste du marquis ?

8. Qu'est-ce qui crée l'émotion dans le dernier passage (l. 95 jusqu'à la fin) ? Quel symbole exprime l'image de l'échelle humaine ?

9. Quel caractère Victor Hugo donne-t-il à l'apparence et aux actes du marquis de Lantenac durant le sauvetage ? et au cours de la descente finale ?

Enquêtons

Réunissez des articles de journaux qui relatent des catastrophes, ou des sauvetages en mer, en montagne, dans le désert... (selon l'actualité).

Analysez leur style pour raconter ces scènes pathétiques. Si vous pouvez confronter dans la classe plusieurs articles sur le même sujet, étudiez les différences de présentation et de style selon les journaux.

Exprimons-nous

En vous inspirant du vocabulaire et des procédés employés par Victor Hugo dans la scène de l'incendie, décrivez une catastrophe naturelle (inondation, tornade, avalanche...).

Faites sentir la progression du danger ; animez votre texte en introduisant des personnages.

Donnez la conclusion de votre choix : fin tragique, ou sauvetage comme chez Victor Hugo.

10. LE DEVOIR DE GAUVAIN

Le marquis est mis au cachot dans sa propre demeure en attendant son exécution. Cimourdain, connaissant la sensibilité de Gauvain, le prie de ne plus se sentir concerné par cette affaire : « Je vais convoquer la cour martiale[1] *et tu n'en seras pas. Rien de tout cela ne te regarde plus. Nous nous conformerons au décret de la Convention. Demain la cour martiale. Après-demain la guillotine. La Vendée est morte. »*

Mais Gauvain est tourmenté par sa conscience, bouleversé par le geste d'humanité du vieil aristocrate vendéen qui a choisi de retourner dans le piège dont il venait de s'échapper.

Et pourquoi avait-il fait cela ?

Pour sauver trois enfants.

Et maintenant qu'allait-on en faire de cet homme ?

Le guillotiner.

Ainsi, cet homme, pour trois enfants, les siens ? non ; de sa famille ? non ; de sa caste[2] ? non ; pour trois petits pauvres, les premiers venus, des enfants trouvés, des inconnus, des déguenillés, des va-nu-pieds, ce gentilhomme, ce prince, ce vieillard, sauvé, délivré, vainqueur, car l'évasion est un triomphe, avait tout risqué, tout compromis, tout remis en question, et, hautainement, en même temps qu'il rendait les enfants, il avait apporté sa tête, et cette tête, jusqu'alors terrible, maintenant auguste[3], il l'avait offerte.

Et qu'allait-on faire ?

L'accepter.

Le marquis de Lantenac avait eu le choix entre la vie d'autrui et la sienne ; dans cette option superbe, il avait choisi sa mort.

---

1. *Cour martiale :* tribunal militaire d'exception : « En 1793, le président d'un tribunal militaire était presque, à lui seul, tout le tribunal ; il choisissait les membres, classait l'ordre des grades, réglait le mode du vote ; il était le maître en même temps que le juge » (Victor Hugo).
2. *Caste :* groupe social auquel il appartient.
3. *Auguste :* noble, vénérable.

Et on allait la lui accorder.

On allait le tuer.

Quel salaire de l'héroïsme !

Répondre à un acte généreux par un acte sauvage !

Donner ce dessous à la révolution !

Quel rapetissement pour la république !

Tandis que l'homme des préjugés et des servitudes, subitement transformé, rentrait dans l'humanité, eux, les hommes de la délivrance et de l'affranchissement, ils resteraient dans la guerre civile, dans la routine du sang, dans le fratricide ! [...]

Et cela s'accomplirait en présence de Gauvain, chef !

Et pouvant l'empêcher, il s'abstiendrait ! [...]

Mais cette mort, ne l'avait-il pas promise ? Lui, Gauvain, l'homme clément, n'avait-il pas déclaré que Lantenac faisait exception à la clémence, et qu'il livrerait Lantenac à Cimourdain ? [...]

Le tuer ? quelle anxiété ! le délivrer ? quelle responsabilité !

Lantenac sauvé, tout serait à recommencer. [...] Sauver Lantenac, c'était sacrifier la France ; la vie de Lantenac, c'était la mort d'une foule d'êtres innocents, hommes, femmes, enfants, repris par la guerre domestique[4] ; c'était le débarquement des Anglais, le recul de la révolution, les villes saccagées, le peuple déchiré, la Bretagne sanglante, la proie rendue à la griffe. Et Gauvain, au milieu de toutes sortes de lueurs incertaines et de clartés en sens contraires, voyait vaguement s'ébaucher dans sa rêverie et se poser devant lui ce problème : la mise en liberté du tigre. [...]

Gauvain hésitait.

Perplexités farouches.

Deux abîmes s'ouvraient devant Gauvain. Perdre le marquis ? ou le sauver ? Il fallait se précipiter dans l'un ou dans l'autre.

Lequel de ces deux gouffres était le devoir ? [...]

Minuit sonna, puis une heure du matin.

Gauvain s'était, sans s'en apercevoir, insensiblement rapproché de l'entrée de la brèche.

L'incendie ne jetait plus qu'une réverbération diffuse et s'éteignait. [...]

Des voix parlaient, mais on ne percevait pas les paroles. Çà et là, des chocs sonnaient sur du bois. On entendait aussi on

4. *Guerre domestique* : guerre intérieure, guerre civile.

ne sait quel grincement métallique pareil au bruit d'une faux qu'on aiguise.

Deux heures sonnèrent.

Gauvain lentement, et comme quelqu'un qui ferait volontiers deux pas en avant et trois pas en arrière, se dirigea vers la brèche. [...]

A l'entrée de Gauvain, quelques-uns de ces hommes assoupis se levèrent, entre autres l'officier qui commandait le poste. Gauvain lui désigna la porte du cachot :

— Ouvrez-moi, dit-il.

Les verrous furent tirés, la porte s'ouvrit.

Gauvain entra dans le cachot. [...]

A l'instant où la porte tourna sur ses gonds, le marquis marchait dans son cachot ; va-et-vient machinal propre à tous les fauves mis en cage. [...]

Ils se regardèrent, et ce regard était tel qu'il les fit tous deux immobiles.

Le marquis éclata de rire et s'écria :

— Bonjour, monsieur. Voilà pas mal d'années que je n'ai eu la bonne fortune de vous rencontrer. Vous me faites la grâce de venir me voir. Je vous remercie. Je ne demande pas mieux que de causer un peu. Je commençais à m'ennuyer. Vos amis perdent le temps, des constatations d'identité, des cours martiales, c'est long toutes ces manières-là. J'irais plus vite en besogne. Je suis ici chez moi. Donnez-vous la peine d'entrer. Eh bien, qu'est-ce que vous dites de tout ce qui se passe ? C'est original, n'est-ce pas ? Il y avait une fois un roi et une reine ; le roi, c'était le roi ; la reine, c'était la France. On a tranché la tête au roi et marié la reine à Robespierre ; ce monsieur et cette dame ont eu une fille qu'on nomme la guillotine, et avec laquelle il paraît que je ferai connaissance demain matin. J'en serai charmé. Comme de vous voir. Venez-vous pour cela ? Avez-vous monté en grade ? Seriez-vous le bourreau ? Si c'est une simple visite d'amitié, j'en suis touché. Monsieur le vicomte, vous ne savez peut-être plus ce que c'est qu'un gentilhomme. Eh bien, en voilà un, c'est moi. Regardez ça. C'est curieux ; ça croit en Dieu, ça croit à la tradition, ça croit à la famille, ça croit à ses aïeux, ça croit à l'exemple de son père, à la fidélité, à la loyauté, au devoir envers son prince, au respect des vieilles lois, à la vertu, à la justice ; et ça vous ferait fusiller avec plaisir. Ayez, je vous prie, la bonté de vous asseoir. Sur le pavé, c'est vrai ; car il n'y a pas de fauteuil dans

D. Maillart, Gauvain rend visite au marquis de Lantenac dans sa prison, *Maison de Victor Hugo, Paris*.

ce salon ; mais qui vit dans la boue peut s'asseoir par terre. Je ne dis pas cela pour vous offenser, car ce que nous appelons la boue, vous l'appelez la nation. Vous n'exigez sans doute pas que je crie Liberté, Égalité, Fraternité ? [...]

Le marquis parlait à son aise, paisiblement, sans rien souligner, avec sa voix de bonne compagnie, avec son œil clair et tranquille, les deux mains dans ses goussets[5]. Il s'interrompit, respira longuement, et reprit :

— Je ne vous cache pas que j'ai fait ce que j'ai pu pour vous tuer. Tel que vous me voyez, j'ai trois fois, moi-même, en personne, pointé un canon sur vous. Procédé discourtois, je l'avoue ; mais ce serait faire fond[6] sur une mauvaise maxime que de s'imaginer qu'en guerre l'ennemi cherche à nous être agréable. Car nous sommes en guerre, monsieur mon neveu. Tout est à feu et à sang. C'est pourtant vrai qu'on a tué le roi. Joli siècle.

Il s'arrêta encore, puis poursuivit :

— Quand on pense que rien de tout cela ne serait arrivé si l'on avait pendu Voltaire et mis Rousseau aux galères ! Ah ! les gens d'esprit, quel fléau[7] ! [...]

Ah ! vous ne voulez plus avoir de nobles ! Eh bien, vous n'en aurez plus. Faites-en votre deuil. Vous n'aurez plus de paladins[8], vous n'aurez plus de héros. Bonsoir les grandeurs anciennes. [...]

Allez ! allez ! faites ! Soyez les hommes nouveaux. Devenez petits !

Le marquis fit un moment silence, et repartit :

— Mais laissez-nous grands. Tuez les rois, tuez les nobles, tuez les prêtres, abattez, ruinez, massacrez, foulez tout aux pieds, mettez les maximes antiques sous le talon de vos bottes, piétinez le trône, trépignez l'autel, écrasez Dieu, dansez dessus ! C'est votre affaire. Vous êtes des traîtres et des lâches, incapables de dévouement et de sacrifice. J'ai dit. Maintenant faites-moi guillotiner, monsieur le vicomte. J'ai l'honneur d'être votre très humble.

Et il ajouta :

— Ah ! je vous dis vos vérités ! Qu'est-ce que cela me fait ? Je suis mort.

---

5. *Goussets* : petites poches.
6. *Faire fond* : se fonder sur.
7. *Fléau* : calamité, malheur.
8. *Paladins* : seigneurs, chevaliers, hommes d'honneur.

— Vous êtes libre, dit Gauvain.

Troisième partie, livre sixième, ch. II et III ;
livre septième, ch. I.

Gauvain jette son manteau de commandant sur les épaules de son oncle. Il ordonne qu'on rouvre la porte du cachot, et il pousse dehors le marquis stupéfait ; les sentinelles, abusées, le laissent passer. Tandis que Lantenac s'éloigne dans la nuit, la porte du cachot se referme sur Gauvain.

Comprenons le texte

1. Quelle idée importante Victor Hugo veut-il mettre en valeur dans les lignes 1 à 13 ?

2. Montrez que, par le lyrisme de la phrase : « Ainsi, cet homme... il l'avait offerte » (l. 5 à 13), l'auteur exalte le geste de Lantenac.

3. Sur quels procédés est bâtie la phrase : « Tandis que l'homme des préjugés... dans le fratricide ! » (l. 25 à 28) ? Quel est le sens des mots ici opposés ?

4. Devant quelles contradictions Gauvain se trouve-t-il placé ? En quoi réside la difficulté de son choix ?

5. Par quelle métaphore est représentée la guerre civile ?

6. Par quelles constructions, et quelles tournures de phrases, Victor Hugo parvient-il à nous faire connaître de l'intérieur les pensées et les hésitations de Gauvain ?

7. Sur quel ton Lantenac accueille-t-il son neveu ? Garde-t-il jusqu'au bout le même ton ?

8. Quels arguments le marquis développe-t-il successivement ?

9. Quelle est l'attitude de Gauvain pendant le discours de son oncle ? Quel est l'effet de ses derniers mots ?

Enquêtons

1. Connaissez-vous Voltaire, Rousseau, Diderot, d'Alembert, Montesquieu, Buffon... écrivains, philosophes, savants du XVIIIe siècle ?

Renseignez-vous sur le rôle de l'*Encyclopédie*. Quelles idées sont propagées par le travail des Philosophes ?

Faites des fiches, par auteur, ou par thème.

2. Lisez la pièce de Beaumarchais, *le Mariage de Figaro*. Quelles idées subversives sur la société de l'ancien régime contient cette œuvre ?

Confrontez avec *l'Île des esclaves* de Marivaux, pièce dans laquelle seigneurs et serviteurs sont contraints par les circonstances à changer de rôle social.

Comparons

Le débat intérieur de Gauvain peut être rapproché de textes célèbres. Relisez par exemple :

1. Corneille, *le Cid*, les stances de Rodrigue :

[...]
Que je sens de rudes combats !
Contre mon propre honneur mon amour s'intéresse :
Il faut venger un père et perdre une maîtresse :
L'un m'anime le cœur, l'autre retient mon bras.
Réduit au triste choix ou de trahir ma flamme,
Ou de vivre en infâme,
Des deux côtés mon mal est infini.
O Dieu, l'étrange peine !
Faut-il laisser un affront impuni ?
Faut-il punir le père de Chimène ?

P. Corneille, *le Cid*, acte I, sc. 6.

2. Le dilemme de Jean Valjean dans *les Misérables*, de Victor Hugo :

[...] « Et, quoi qu'il fît, il retombait toujours sur ce poignant dilemme qui était au fond de sa rêverie : — rester dans le paradis, et y devenir démon ! rentrer dans l'enfer, et y devenir ange ! Que faire, grand Dieu ! que faire ! » [...]

3. On peut aussi choisir un texte plus moderne, tel que le cas de conscience du juge, à la fin du roman de Vercors, *les Animaux dénaturés*.

Exprimons-nous

1. Rédigez le débat intérieur, les scrupules, les hésitations d'une personne qui est amenée à prendre, seule, une très grave décision.

2. A propos de la phrase de Lantenac : « Vous n'aurez plus de paladins, vous n'aurez plus de héros » (l. 122-123), êtes-vous d'accord pour dire que l'héroïsme et la grandeur ne se rencontrent que dans la noblesse ?

11. LA MORT DE GAUVAIN

Quand, le lendemain, Cimourdain fait appeler l'accusé Lantenac devant la cour martiale, c'est Gauvain qui paraît ; malgré sa stupeur et son émotion, le délégué civil de la Convention est contraint de faire appliquer rigoureusement la loi : sans fléchir, il fait voter la mort pour Gauvain.

Tandis que Gauvain passe sa dernière nuit de condamné à mort, Cimourdain ne peut se retenir d'approcher pour la dernière fois celui qui a été son disciple, et l'être qu'il a le plus aimé : à minuit, il pénètre dans le cachot obscur, et réveille doucement son « enfant ».

Les deux hommes dialoguent tout le reste de la nuit ; tout en partageant le pain et l'eau du condamné, ils confrontent, encore une fois, leurs conceptions de la révolution et leurs visions de l'avenir.

Gauvain, le plus calme des deux, absorbé dans sa rêverie, n'entend pas les chocs sourds de la guillotine qu'on dresse. Cimourdain se retire ; la porte du cachot se referme.

Le jour ne tarda pas à poindre à l'horizon.

En même temps que le jour, une chose étrange, immobile, surprenante, et que les oiseaux du ciel ne connaissaient pas, apparut sur le plateau de la Tourgue, au-dessus de la forêt de Fougères.

Cela avait été mis là dans la nuit. C'était dressé, plutôt que bâti. [...]

Au premier abord, l'idée que cette chose éveillait était l'idée de l'inutile. Elle était là parmi les bruyères en fleur. On se demandait à quoi cela pouvait servir. Puis on sentait venir un frisson. [...]

Cette bâtisse difforme, c'était la guillotine.

En face, à quelques pas, dans le ravin, il y avait un autre monstre, la Tourgue. Un monstre de pierre faisant pendant au monstre de bois. [...]

Dans la Tourgue étaient condensés quinze cents ans, le moyen âge, le vasselage[1], la glèbe[2], la féodalité ; dans la guillotine une année, 93 ; et ces douze mois faisaient contrepoids à ces quinze siècles.

La Tourgue, c'était la monarchie ; la guillotine, c'était la révolution.

Confrontation tragique. [...]

D'un côté, le nœud ; de l'autre, la hache.

La Tourgue avait été longtemps seule dans ce désert. Elle était là avec ses mâchicoulis d'où avaient ruisselé l'huile bouillante, la poix enflammée et le plomb fondu, avec ses oubliettes pavées d'ossements, avec sa chambre aux écartèlements, avec la tragédie énorme dont elle était remplie ; elle avait dominé de sa figure funeste cette forêt, elle avait eu dans cette ombre quinze siècles de tranquillité farouche, elle avait été dans ce pays l'unique puissance, l'unique respect et l'unique effroi ; elle avait régné ; elle avait été, sans partage, la barbarie ; et tout à coup elle voyait se dresser devant elle, et contre elle, quelque chose, — plus que quelque chose, quelqu'un d'aussi horrible qu'elle, la guillotine. [...]

Le jour se levait derrière la Tourgue et faisait saillir en noir la masse de la forteresse, et, à son sommet, sur la chaise du tribunal et sous le faisceau de drapeaux, la figure d'un homme assis, immobile et les bras croisés.

Cet homme était Cimourdain. Il avait, comme la veille, son costume de délégué civil, sur la tête le chapeau à panache tricolore, le sabre au côté et les pistolets à la ceinture.

Il se taisait. Tous se taisaient. [...]

Soudain on entendit ce bruit voilé que font les tambours couverts d'un crêpe. Ce roulement funèbre approcha ; les rangs s'ouvrirent, et un cortège entra dans le carré, et se dirigea vers l'échafaud.

D'abord, les tambours noirs, puis une compagnie de grenadiers, l'arme basse, puis un peloton de gendarmes, le sabre nu, puis le condamné, — Gauvain.

Gauvain marchait librement. Il n'avait de cordes ni aux pieds ni aux mains. Il était en petit uniforme ; il avait son épée.

Derrière lui venait un autre peloton de gendarmes.

---

1. *Vasselage* : condition de dépendance du vassal envers son seigneur.

2. *Glèbe* : condition du serf attaché à la terre de son seigneur.

La mort de Gauvain, *illustration de* Quatrevingt-treize, *Éditions Hugues, Paris 1876, Bibliothèque nationale.*

Gauvain avait encore sur le visage cette joie pensive qui l'avait illuminé au moment où il avait dit à Cimourdain : Je pense à l'avenir. Rien n'était ineffable et sublime comme ce sourire continué.

En arrivant sur le lieu triste, son premier regard fut pour le haut de la tour. Il dédaigna la guillotine.

Il savait que Cimourdain se ferait un devoir d'assister à l'exécution. Il le chercha des yeux sur la plate-forme. Il l'y trouva.

Cimourdain était blême et froid. Ceux qui étaient près de lui n'entendaient pas son souffle.

Quand il aperçut Gauvain, il n'eut pas un tressaillement.

Gauvain cependant s'avançait vers l'échafaud.

Tout en marchant, il regardait Cimourdain et Cimourdain le regardait. Il semblait que Cimourdain s'appuyât sur ce regard.

Gauvain arriva au pied de l'échafaud. Il y monta. L'officier qui commandait les grenadiers l'y suivit. Il défit son épée et la remit à l'officier, il ôta sa cravate et la remit au bourreau.

Il ressemblait à une vision. Jamais il n'avait apparu plus beau. Sa chevelure brune flottait au vent ; on ne coupait pas les cheveux alors. Son cou blanc faisait songer à une femme, et son œil héroïque et souverain faisait songer à un archange. Il était sur l'échafaud, rêveur. Ce lieu-là aussi est un sommet. Gauvain y était debout, superbe et tranquille. Le soleil, l'enveloppant, le mettait comme dans une gloire[3].

Il fallait pourtant lier le patient. Le bourreau vint, une corde à la main.

En ce moment-là, quand ils virent leur jeune capitaine si décidément engagé sous le couteau, les soldats n'y tinrent plus ; le cœur de ces gens de guerre éclata. On entendit cette chose énorme, le sanglot d'une armée. Une clameur s'éleva : Grâce ! grâce ! Quelques-uns tombèrent à genoux ; d'autres jetaient leurs fusils et levaient les bras vers la plate-forme où était Cimourdain. Un grenadier cria en montrant la guillotine :

— Reçoit-on des remplaçants pour ça ? Me voici. — Tous répétaient frénétiquement : Grâce ! grâce ! et des lions qui auraient entendu cela eussent été émus ou effrayés, car les larmes des soldats sont terribles.

---

3. *Gloire :* sorte d'auréole lumineuse (comme dans les tableaux religieux).

Le bourreau s'arrêta, ne sachant plus que faire.

Alors une voix brève et basse, et que tous pourtant entendirent, tant elle était sinistre, cria du haut de la tour :

— Force à la loi !

On reconnut l'accent inexorable. Cimourdain avait parlé. L'armée frissonna.

Le bourreau n'hésita plus. Il s'approcha tenant sa corde.

— Attendez, dit Gauvain.

Il se tourna vers Cimourdain, lui fit, de sa main droite encore libre, un geste d'adieu, puis se laissa lier.

Quand il fut lié, il dit au bourreau :

— Pardon. Un moment encore.

Et il cria :

— Vive la République !

On le coucha sur la bascule. Cette tête charmante et fière s'emboîta dans l'infâme collier. Le bourreau lui releva doucement les cheveux, puis pressa le ressort ; le triangle se détacha et glissa lentement d'abord, puis rapidement ; on entendit un coup hideux...

Au même instant on en entendit un autre. Au coup de hache répondit un coup de pistolet. Cimourdain venait de saisir un des pistolets qu'il avait à sa ceinture et, au moment où la tête de Gauvain roulait dans le panier, Cimourdain se traversait le cœur d'une balle. Un flot de sang lui sortit de la bouche, il tomba mort.

Et ces deux âmes, sœurs tragiques, s'envolèrent ensemble, l'ombre de l'une mêlée à la lumière de l'autre.

Troisième partie, livre septième, ch. VI.
Victor Hugo, *Quatrevingt-treize*.

Comprenons le texte

I. La Tourgue et la guillotine (l. 1 à 35)

1. Pourquoi le mot « guillotine » n'est-il introduit qu'à la ligne 12 ?

2. Que symbolise le rapprochement de la tour et de l'échafaud ? Étudiez le vocabulaire, la construction des phrases, les oppositions.

3. D'après Victor Hugo, qui est le responsable de la terreur de 93 ? Étudiez en particulier les lignes 16 à 20.

II. L'exécution de Gauvain (l. 36 à 119)

1. Comment Victor Hugo donne-t-il de la solennité au cérémonial de l'exécution ?

2. Montrez que, malgré ce qu'il peut ressentir, Cimourdain reste fidèle à lui-même.

3. Quelles relations sont suggérées entre Gauvain et Cimourdain ? Le geste final était-il prévisible ?

4. Expliquez l'image : « Il ressemblait à une vision. » Montrez comment Victor Hugo idéalise le personnage de Gauvain au moment de sa mort.

5. Quelles sont les réactions des soldats et du bourreau ?

6. En quoi réside le caractère pathétique de toute la scène ?

7. Que signifient les deux dernières lignes (qui sont aussi les deux dernières lignes du roman) ? Étudiez attentivement chacun des mots choisis par l'auteur, et leurs associations.

Documentons-nous

Victor Hugo a souvent exprimé son horreur de la peine de mort et de l'échafaud.

Dans *Victor Hugo raconté par un témoin de sa vie*, sa femme évoque la scène qui l'a amené à rédiger, sous le coup d'une forte émotion, *le Dernier Jour d'un condamné*.

M. Victor Hugo revit la guillotine un jour qu'il traversait, vers deux heures, la place de l'Hôtel-de-Ville. Le bourreau *répétait* la représentation du soir ; le couperet n'allait pas bien, il graissa les rainures, et puis il essaya encore ; cette fois il fut content. Cet homme, qui s'apprêtait à en tuer un autre, qui faisait cela en plein jour, en public, en causant avec les curieux, pendant qu'un malheureux homme désespéré se débattait dans sa prison, fou de rage, ou se laissait lier avec l'inertie et l'hébétement de la terreur, fut pour M. Victor Hugo une figure hideuse, et la répétition de la chose lui parut aussi odieuse que la chose même.

Il se mit le lendemain même à écrire *le Dernier Jour d'un condamné*, et l'acheva en trois semaines.

Adèle Hugo, *Victor Hugo raconté par un témoin de sa vie*.

Réfléchissons

Croyez-vous que Victor Hugo ait été entendu quand il a proclamé en 1848 devant l'Assemblée :

« Je vote l'abolition pure, simple et définitive de la peine de mort... Qu'est-ce que la peine de mort ? La peine de mort est le signe spécial et éternel de la barbarie. Partout où la peine de mort est prodiguée, la barbarie domine... » ?

Comment comprenez-vous l'émotion et les idées de Victor Hugo sur ce problème ? Que faut-il entendre par « barbarie » ?

Enquêtons

Les engagements et les combats de Victor Hugo

1. Lectures : l'œuvre de Victor Hugo reflète les combats qu'il a menés toute sa vie au service des humbles, des opprimés ; il a lutté pour la liberté de pensée, la liberté d'expression, l'égalité de tous les hommes sans discrimination, pour les droits de la femme, le droit au travail, le respect des enfants, pour l'instruction, pour la laïcité...

Sous forme d'exposés, présentez dans la classe quelques-unes de ces grandes œuvres qui parlent des droits de l'homme : *Bug-Jargal*, manifeste contre l'esclavage ; *les Misérables*, qui dénonce toutes les injustices sociales ; *Claude Gueux*, qui, sous forme de simple chronique d'un « fait divers », est un réquisitoire contre l'injustice de la justice ; *le Dernier Jour d'un condamné*, contre la peine de mort ; *Châtiments, Actes et paroles*, contre la tyrannie politique, et pour la liberté d'expression.

2. Dossiers : un peu plus d'un siècle après (on a célébré en 1985 le centenaire de la mort de Victor Hugo), où en sont ces grandes questions, en France, et dans d'autres pays ?

— L'abolition de l'esclavage ; l'égalité de tous les hommes, sans discrimination de race ou de religion...

— L'abolition de la peine de mort ; de quand date-t-elle en France ? Qu'en est-il dans d'autres pays ?

— Les droits des femmes ; depuis quand les femmes votent-elles en France ?

— La réglementation sur le travail des enfants...

Comparons

V. Hugo dresse ici deux monstres face à face, La Tourgue et la guillotine, symboles de la riposte d'une année de terreur à quinze siècles d'oppression. Il a déjà exprimé cette idée dans un texte antérieur, « La Révolution », rédigé en 1857.

L'atmosphère du poème est lugubre et fantastique : par une nuit sinistre de 1793, les statues des derniers rois de France s'éveillent, descendent de leur piédestal, et errent dans un Paris halluciné ; sur la place où est dressée la guillotine, ils interpellent leur dernier descendant : Louis XVI.

Quel est ton crime, ô toi qui vas, tête sinistre,
Plus pâle que le Christ sur son noir crucifix ?
— Je suis le petit-fils de votre petit-fils.
— Et d'où viens-tu ?
— Du trône. O rois, l'ombre est terrible !
— Spectre, quelle est là-bas cette machine horrible ?
— C'est la fin, dit la tête au regard sombre et doux.
— Et qui donc l'a construite ?
— O mes pères, c'est vous.

« La Révolution », publié dans *les Quatre Vents de l'esprit*, 1857.

1. Expliquez le sens des deux dernières lignes. En quoi les rois sont-ils responsables de la construction de la guillotine ?

2. Victor Hugo justifie-t-il la Terreur de 1793, ou l'explique-t-il ? Vous préciserez les idées développées par l'auteur tout au fil du roman en vous appuyant particulièrement sur les chapitres 4, 6, 10 et 11.

Séance de l'Assemblée législative le 10 août 1792,
Musée du Louvre.

DEUXIÈME PARTIE

LA RÉVOLUTION FRANÇAISE

Ariane Mnouchkine — Le Théâtre du Soleil

« 1789 »

Ariane Mnouchkine est l'animatrice et le metteur en scène du « Théâtre du Soleil » ; sa compagnie travaille depuis 1970 dans les locaux désaffectés de l'ancienne Cartoucherie de Vincennes.

Le spectacle « 1789 » *est le fruit d'un travail collectif, spectacle total qui donne une grande place à l'improvisation des acteurs, à la pantomime, à la danse, à l'acrobatie, au chant, aux marionnettes, etc. ; dans le grand hall de la Cartoucherie, les barrières entre le public et les comédiens sont en grande partie effacées : les spectateurs se déplacent en même temps que les acteurs ; les acteurs circulent dans le public ; ils vivent ensemble une page de l'Histoire ; tous participent à la grande fête de la Révolution.*

Après l'immense succès de « 1789 » *la compagnie crée deux ans plus tard, en 1972, un deuxième spectacle sur la Révolution :* « 1793 ».

L'action est dispersée sur les différentes estrades de la Cartoucherie, qui représentent une place de Paris en 1789.

Dans une atmosphère de foire, un bateleur interpelle les badauds, et les informe des dernières nouvelles du gouvernement.

On assiste aux réactions naïves et enthousiastes des gens du peuple.

CONVOCATION DES ÉTATS GÉNÉRAUX

LE ROI.

Nous, Louis, roi de France par la grâce de Dieu, désirons que des extrémités de notre royaume et des habitations les moins connues, chacun puisse nous faire parvenir ses vœux et ses réclamations, de manière que par une mutuelle confiance et par un amour réciproque, il soit apporté le plus promptement possible un remède efficace aux maux de l'État et que nous soit rendu, à nous particulièrement, le calme et la tranquillité dont nous sommes privés depuis si longtemps[1].

1. Citation d'un authentique discours du roi.

LE CONTEUR. Alors dans tout le royaume de France, car c'est bien du royaume de France qu'il s'agit, les douces et merveilleuses paroles du roi firent naître dans tous les cœurs une immense espérance.
Alors tous voulurent écrire au roi pour lui dire ce qui était bien et ce qui était mal, et qui était bon et qui était méchant et ce qui devait rester et ce qui devait disparaître.

« J'savais bien qu'jaurions not' tour », *Musée Carnavalet, Paris.*

ARIANE MNOUCHKINE

LES CAHIERS DE DOLÉANCES

LE CRIEUR *(ponctue son discours d'un tambour comme un crieur public).* Frères ! le temps de la justice est venu ! Frères, notre bon roi Louis XVI, de par la grâce de Dieu, se penche sur notre état ! Frères, notre bon roi vous invite à lui écrire sur des cahiers appelés cahiers de doléances ! Frères, le temps de l'espérance est venu ! Écrivez-lui, écrivez-lui vite ! Je reviendrai prendre vos doléances dans une heure...

Sur le tréteau opposé au crieur public, un couple de paysans éperdus de bonheur et n'osant y croire commence à rêver sur sa vie future...

NESTINE. Quel bon roi ! quel bon roi ! Gaspard ! Quel bon roi !

MARIE. Gaspard ! Nestine ! Vous avez entendu ?

TOUS *(s'embrassant).*

Quel bon roi !

NESTINE. Mais alors la gabelle[2] ?

GASPARD. Terminé !

NESTINE. Le champart[3] ?

Taille, impôts, corvées,
Musée Carnavalet, Paris.

---

2. *Gabelle :* impôt sur le sel.

3. *Champart :* droit féodal qui donne au seigneur une partie de la récolte.

GASPARD. Terminé !

MARIE. La taille[4], les aides[5]...

GASPARD. Terminé !

NESTINE. Les inondations...

MARIE. La grêle...

NESTINE. Les maladies, la peste, la rage... la mort...

GASPARD. Terminé !

NESTINE. Et le gros ventre ?

TOUS. C'est pour nous !

GASPARD. L'savoir, les belles manières, l'instruction ?

TOUS. C'est pour nous !

NESTINE. Oh ! Marie, les belles manières, c'est pour toi !

GASPARD. Les caresses, les doux plaisirs...

MARIE. C'est pas le moment !

NESTINE *(à Gaspard qui la caresse).* Gaspard, c'est pas l'moment !

4. *Taille* : redevance payée au seigneur par les serfs et les roturiers.

5. *Aides* : impôt perçu sur la circulation et la vente de certaines marchandises.

GASPARD. Faut l'dire !

MARIE. Nestine, dis-y-leur !

NESTINE. J'leur z'y dis ? Eh bien, j'vous l'dis : tout c'qui est bon c'est pour nous et toute la merde c'est pour eux !

MARIE. Faut l'écrire !

GASPARD. Prends du papier !

NESTINE. Du papier, j'en ai point ! enfin, Gaspard, l'papier c'est un lusque ! j'peux prendre un carré d'not' drap.

GASPARD. Not'drap !

MARIE. Et dans quoi qu'on t'enterra ?

NESTINE. On va pas lésiner pour un drap, non ? un drap, maintenant ! j'commence par gabelle !

MARIE. Oh, oui ! écris « gabelle » au roi !

NESTINE. Il me faut une plume... *(Ils courent après une poule imaginaire et en ramènent une plume.)* J'écris « gabelle », avec quoi je marque ?

GASPARD. Avec queq'chose de noir.

NESTINE. J'ai pas d'noir !

TOUS *(au public).* Vous avez queq'chose de noir, de blanc, de rouge ?

NESTINE. Gaspard ! queq'chose de rouge. Ben y faut du sang !

GASPARD. Tiens, coupe-moi !

NESTINE. Ah ça dame non ! j'te couperai pas pour la gabelle !

GASPARD. Coupe-moi j'te dis !

NESTINE. Non ! j'te couperai pas !

MARIE. Ben ! coup'le puisqu'il te le dit !

NESTINE. Coupe-le, coupe-le, coupe-toi, toi ! *(Gaspard se coupe, Nestine l'embrasse, trempe sa plume dans le sang et s'apprête à écrire.)* J'écris « gabelle » au roi ! *(Hésitations.)* Comment qu'on fait un gueu ?

GASPARD. Écris « gabelle » !

NESTINE. Ben écris toi ! j'sais même pas faire un gueu !

TOUS. Comment qu'on fait un gueu ? comment qu'on fait un gueu ? Gabelle ! Gabelle !

LE CRIEUR. Si vous n'avez rien écrit, on ne pourra rien changer !

LES MARIONNETTES

Une troupe de bateleurs-marionnettistes donne une représentation de la célèbre comédie : « la Réunion des États généraux ». *Leurs marionnettes représentent Louis, Toinon, Monsieur Necker, les deux « méchants » (noblesse et clergé), et le brave Tiers-État qui vient travailler pour le peuple... Ils jouent les péripéties qui ont précédé le serment du Jeu de paume*[6] *et la réunion des trois ordres.*

LE PRÉSENTATEUR. Approchez, approchez ! Mesdames et Messieurs, nous allons vous jouer la célèbre comédie « La réunion des États généraux ». La scène commence à Versailles. Et à Versailles, qu'est-ce qu'il y a ? Il y a Louis XVI cul entre deux chaises !

LOUIS XVI. Je viens de faire un rêve atroce, un cauchemar terrible, je viens de rêver que j'étais complètement fauché. Necker ! Necker ! Mon ministre, toi qui penses pour moi, viens ici tout de suite ! *(Necker lui embrasse les pieds.)* Necker, je n'ai plus d'argent, donnez-m'en !

NECKER. Mais, j'en ai pas trouvé.

LOUIS XVI. Tu n'en as pas trouvé, eh bien ! Necker, demi-tour, je te renvoie.

NECKER. J'ai pas trouvé d'argent mais j'ai une idée.

LOUIS XVI. Une idée ! Quelle idée ?

NECKER. Il faut convoquer les États généraux.

LOUIS XVI. Les États généraux ! Qu'est-ce que c'est que ça les États généraux ?

NECKER. On fait venir tous les richards du royaume, on fait semblant de leur demander leur avis et on leur prend tout leur argent.

---

6. *Serment du Jeu de paume* : le 17 juin 1789, les députés du Tiers-États, exceptionnellement réunis à Versailles dans la salle du Jeu de paume, car le roi leur a interdit la salle de délibération des États généraux, prêtent solennellement le serment de « ne jamais se séparer et de se rassembler partout où les circonstances l'exigeront... ».

LOUIS XVI. Ha ! Ha ! *(Ils s'embrassent. Louis sort.)*

NECKER. Quel couillon ce Louis ! Bah, je vais convoquer les États généraux. États généraux ! États généraux !

LA NOBLESSE. Moi, je suis de la noblesse, sur le peuple je m'engraisse.

LE CLERGÉ. Et moi, je suis le clergé, ouah ! ouah ! ouah !

LA NOBLESSE. Monseigneur !

LE CLERGÉ. Mon fils, dans mes bras que je vous baise. Et je te baiserai bien d'autres fois, mon gaillard.

LA NOBLESSE. Et moi, un jour je ferai une soupe de corbeau !

LE CLERGÉ. Comment, mon fils ?

LA NOBLESSE. Rien, mon père !

LE CLERGÉ. Allons à Versailles !

LE TIERS-ÉTAT. Moi, je suis du Tiers-État !
Venu loin, fier d'être là !

LA NOBLESSE. Ça sent le fumier !

LE CLERGÉ. Ça sent la bouse !

LA NOBLESSE. Je dirai même mieux, ça sent la merde !

LE CLERGÉ. Fi, mon fils ! Quel vilain mot ! Qui êtes-vous, mon fils ?

LE TIERS-ÉTAT. Je suis le représentant du Tiers-État.

CLERGÉ ET NOBLESSE. Le Tiers-État, qu'est-ce que c'est que ça ?

LE TIERS-ÉTAT. C'est 25 millions de Français !

CLERGÉ ET NOBLESSE. C'est une infamie ! C'est la déconfiture ! Laissez-moi faire !

LE CLERGÉ. Monsieur du Tiers-État ! Approchez, approchez que je vous donne ma bénédiction ! Baissez-vous un peu de l'avant ! Encore un peu ! Là.

Ils le battent.

LES DEUX. Et maintenant, allons à Versailles, nous plaindre au Roi !

LOUIS XVI. Et pendant ce temps-là, à Versailles !

MARIE-ANTOINETTE. Louis ! Ça va pas du tout, du tout, du tout ! On n'a plus d'argent ! *(Elle sanglote.)*

LOUIS XVI. Mais si, on a de l'argent, on a l'argent des États généraux.

MARIE-ANTOINETTE. Ah ! C'est ça les États généraux ?

LOUIS XVI. Eh bien ! Oui, c'est ça les États généraux.

MARIE-ANTOINETTE. Alors il faut renvoyer Necker, tout de suite !

LOUIS XVI. Écoute, ma chérie, Necker, pourtant !

MARIE-ANTOINETTE. Allez, Louis, tu vas renvoyer Necker, mon chéri ! *(Elle le bat.)* Tout de suite !

Entrée de la noblesse et du clergé.

LA NOBLESSE. Sire, jamais je ne me rallierai à ces bouseux du Tiers-États ! Jamais !

LE CLERGÉ. Louis, c'est une infamie ! Louis, si tu continues, c'est une excommunication.

LOUIS XVI. Oh mon clergé fidèle
De votre Roi ne craignez rien
Ma noblesse ô ma belle
Non la canaille n'aura rien !

TOUS. Qu'elle nous donne tous ses écus
et qu'on en finisse !
Qu'elle nous donne tous ses écus
et qu'on en parle plus !

(Le Tiers-État entre en sifflant.)

C'est le Tiers-État ! Cachons-nous !

1789-1793, Théâtre du Soleil, *L'Avant-Scène théâtrale,* n° 526/527.

Comprenons le texte

I. États généraux — Cahiers de doléances

1. Quelles sont les trois grandes parties du passage ?

2. Étudiez le ton et le sens du discours du roi.

3. Comment réagit le peuple à la nouvelle ? Qu'attend-il de la mesure prise par le roi ? Distinguez les espoirs réalistes des rêves impossibles.

4. Montrez comme il est difficile pour le peuple de bénéficier de la mesure. Quels sont les obstacles à la réalisation des cahiers ? Que symbolise l'emploi du sang pour écrire ?

5. Quels sont dans cette scène les éléments comiques (jeux de scène, farce, vocabulaire...) ? Quelles interprétations pouvez-vous donner de la question : « Comment qu'on fait un gueu ? » ?

II. « Les marionnettes »

1. Quel double sens recouvre l'expression « la célèbre comédie » ? Montrez-le à travers toute la scène.

2. Quelle est l'intention du metteur en scène lorsqu'il choisit de faire représenter cet épisode important de l'Histoire par des pantins ?

3. Étudiez les différents procédés comiques de la scène, et en particulier l'exagération caricaturale des gestes et des dialogues.

4. Distinguez les attitudes des différents corps : Clergé, Noblesse et Tiers État. Se rendent-ils avec les mêmes intentions à la convocation du roi ? Comment se font les alliances ?

5. Étudiez le décalage entre les illusions du Tiers État quant au rôle qu'il espère jouer, et la manière dont il est traité. Que symbolise la blague que lui font les autres personnages à la fin de la scène ?

Enquêtons

I. Fonction critique du comique

1. Quelle fonction peuvent exercer les chansonniers, les imitateurs, les auteurs de textes satiriques ?

2. Renseignez-vous sur les soties jouées au Moyen Age, sur les goguettes du XIXe siècle, sur le théâtre lyonnais de Guignol ; comparez avec certaines émissions que vous pouvez aujourd'hui voir à la télévision, ou entendre à la radio, ou avec certains spectacles du café-théâtre.

II. Fonction critique de la mise en scène

Les marionnettes d'Ariane Mnouchkine ont pu vous paraître peu conformistes pour traiter du grave sujet de la Révolution française. Cette manière de prendre des distances par rapport à l'Histoire vous paraît-elle intéressante ?

Avez-vous entendu parler d'une pièce encore plus provocatrice de Peter Weiss sur le même sujet : *La persécution et l'assassinat de Jean-Paul Marat représentés par le groupe théâtral de l'hospice de Charenton sous la direction de Monsieur de Sade*, dont la version cinématographique a été réalisée par Peter Brook sous le titre *Marat-Sade* ?

Comparez avec des mises en scène plus traditionnelles telles que *La Marseillaise* de Renoir, *Danton et Robespierre* de Robert Hossein, *Danton* de Wajda, *Chouans* de De Broca.

Êtes-vous sensible aux reconstitutions historiques fidèles ?

Avez-vous préféré la fantaisie de la mise en scène du Théâtre du Soleil ?

Exprimons-nous

A la manière du Théâtre du Soleil, en improvisant beaucoup, et sans hésiter à mêler les genres et les modes d'expression, jouez des sketches, inspirés par des événements d'actualité.

Jules Michelet

LA PRISE DE LA BASTILLE

De milieu modeste, fils d'imprimeur, Jules Michelet (1798-1874) fait ses études au lycée Charlemagne et se découvre, très jeune, une vocation d'historien. Professeur d'Histoire à l'École Normale supérieure, puis chef de la section historique aux Archives Nationales, il rédige son Histoire de France, *dans les années 1833 à 1844 ; à partir de 1842, il s'engage politiquement dans les luttes de son temps : il rompt avec le catholicisme, milite pour le progrès, se fait le défenseur du peuple, et prône l'union des classes sociales dans l'amour de la patrie.*

De 1847 à 1853, il publie les six volumes de l'Histoire de la Révolution française.

Versailles, avec un gouvernement organisé, un roi, des ministres, un général, une armée, n'était qu'hésitation, doute, incertitude, dans la plus complète anarchie morale.

Paris, bouleversé, délaissé de toute autorité légale, dans un désordre apparent, atteignit, le 14 juillet, ce qui moralement est l'ordre le plus profond, l'unanimité des esprits.

Le 13 juillet, Paris ne songeait qu'à se défendre. Le 14, il attaqua.

Le 13 au soir, il y avait encore des doutes, et il n'y en eut plus le matin. Le soir était plein de trouble, de fureur désordonnée. Le matin fut lumineux et d'une sérénité terrible.

Une idée se leva sur Paris avec le jour, et tous virent la même lumière. Une lumière dans les esprits, et dans chaque cœur une voix : Va, et tu prendras la Bastille !

Cela était impossible, insensé, étrange à dire... Et tous le crurent néanmoins. Et cela se fit.

La Bastille, pour être une vieille forteresse, n'en était pas moins imprenable, à moins d'y mettre plusieurs jours, et beaucoup d'artillerie. Le peuple n'avait, en cette crise, ni le temps, ni les moyens de faire un siège régulier. L'eût-il fait, la Bastille n'avait pas à craindre, ayant assez de vivres pour attendre un secours si proche, et d'immenses munitions de guerre. Ses murs de dix pieds d'épaisseur au sommet des tours, de trente ou quarante à la base, pouvaient rire longtemps des boulets ; et ses batteries à elle, dont le feu plongeait sur Paris, auraient pu en attendant démolir tout le Marais, tout le faubourg Saint-Antoine. Ses tours, percées d'étroites croisées et de meurtrières[1], avec doubles et triples grilles, permettaient à la garnison de faire en toute sûreté un affreux carnage des assaillants.

L'attaque de la Bastille ne fut nullement raisonnable. Ce fut un acte de foi.

Personne ne proposa. Mais tous crurent, et tous agirent. Le long des rues, des quais, des ponts, des boulevards, la foule criait à la foule : A la Bastille !... à la Bastille !... Et, dans le tocsin qui sonnait, tous entendaient : A la Bastille !

Personne, je le répète, ne donna l'impulsion. Les parleurs du Palais-Royal passèrent le temps à dresser une liste de proscription[2], à juger à mort la reine, la Polignac, Artois, le prévôt Flesselles, d'autres encore. Les noms des vainqueurs de la Bastille n'offrent pas un seul des faiseurs de motions[3]. Le Palais-Royal ne fut pas le point de départ, et ce n'est pas non plus au Palais-Royal que les vainqueurs ramenèrent les dépouilles et les prisonniers.

Encore moins les électeurs qui siégeaient à l'Hôtel de Ville eurent-ils l'idée de l'attaque. Loin de là, pour l'empêcher, pour prévenir le carnage que la Bastille pouvait faire si aisément, ils allèrent jusqu'à promettre au gouverneur que, s'il retirait ses canons, on ne l'attaquerait pas. Les électeurs ne trahissaient point, comme ils en furent accusés, mais ils n'avaient pas la foi.

Qui l'eut ? Celui qui eut aussi le dévouement, la force, pour accomplir sa foi. Qui ? Le peuple, tout le monde. [...]

Le matin même du grand jour, le peuple n'avait pas d'armes encore.

La poudre qu'il avait prise la veille à l'arsenal, et mise à l'Hôtel de Ville, lui fut lentement distribuée pendant la nuit par trois hommes seulement. La distribution ayant cessé un

---

1. *Meurtrières :* étroites ouvertures dans la muraille de la forteresse.
2. *Proscription :* liste de personnes suspectes que l'on désire éliminer en les exilant.
3. *Motions :* propositions.

moment vers deux heures, la foule désespérée enfonça les portes du magasin à coups de marteau ; chaque coup faisait feu sur les clous.

Point de fusils ! il fallait aller les prendre, les enlever des Invalides[4]. Cela était très hasardeux. [...]

Il n'était pas neuf heures et déjà trente mille hommes étaient devant les Invalides. [...]

Le vieux Sombreuil[5] fut très habile. Il se présenta à la grille, dit qu'il avait effectivement des fusils, mais que c'était un dépôt qui lui était confié, que sa délicatesse de militaire et de gentilhomme ne lui permettait pas de trahir. Cet argument imprévu arrêta la foule tout court ; admirable candeur[6] du peuple à ce premier âge de la Révolution. — Sombreuil ajoutait qu'il avait envoyé un courrier à Versailles, qu'il attendait la réponse, le tout avec force protestations d'attachement et d'amitié pour l'Hôtel de Ville et la ville en général.

La plupart voulaient attendre. Il se trouva là heureusement un homme moins scrupuleux qui empêcha la foule d'être ainsi mystifiée. Il n'y avait pas de temps à perdre ; et ces armes, à qui étaient-elles, sinon à la nation ?... On sauta dans les fossés et l'hôtel fut envahi ; vingt-huit mille fusils furent trouvés dans les caves, enlevés, avec vingt pièces de canon.

Tout ceci entre neuf et onze. Mais courons à la Bastille.

Le gouverneur de Launay était sous les armes, dès le 13, dès deux heures de nuit. Il n'avait négligé aucune précaution. Outre ses canons des tours, il en avait de l'Arsenal, qu'il mit dans la cour, chargés à mitraille. Sur les tours, il fit porter six voitures de pavés, de boulets et de ferraille, pour écraser les assaillants. Dans les meurtrières du bas il avait douze gros fusils de rempart qui tiraient chacun une livre et demie de balles. En bas, il tenait ses soldats les plus sûrs, trente-deux Suisses, qui n'avaient aucun scrupule de tirer sur des Français. Ses quatre-vingt-deux invalides[7] étaient pour la plupart dispersés, loin des portes, sur les tours. Il avait évacué les bâtiments avancés qui couvraient le pied de la forteresse. [...]

La Bastille ne fut pas prise, il faut le dire, elle se livra. Sa mauvaise conscience la troubla, la rendit folle et lui fit perdre l'esprit.

---

4. *Les Invalides* : institution créée par Louis XIV pour le logement et l'entretien des vieux soldats.

5. *Sombreuil* : gouverneur des Invalides.

6. *Candeur* : innocence, confiance naïve.

7. *Invalides* : vieux soldats, vétérans.

Les uns voulaient qu'on se rendît, les autres tiraient, surtout les Suisses qui, cinq heures durant, sans péril, n'ayant nulle chance d'être atteints, désignèrent, visèrent à leur aise, abattirent qui ils voulaient. Ils tuèrent quatre-vingt-trois hommes, en blessèrent quatre-vingt-huit. Vingt des morts étaient de pauvres pères de famille qui laissaient des femmes, des enfants pour mourir de faim.

La honte de cette guerre sans danger, l'horreur de verser le sang français qui ne touchaient guère les Suisses, finirent par faire tomber les armes des mains des invalides. Les sous-officiers, à quatre heures, prièrent, supplièrent de Launay de finir ces assassinats. Il savait ce qu'il méritait ; mourir pour mourir, il eut envie un moment de se faire sauter, idée horriblement féroce : il aurait détruit un tiers de Paris. Ses cent trente-cinq barils de poudre auraient soulevé la Bastille dans les airs, écrasé, enseveli tout le faubourg, tout le Marais, tout le quartier de l'Arsenal... Il prit la mèche d'un canon. Deux sous-officiers empêchèrent le crime, ils croisèrent la baïonnette, et lui fermèrent l'accès des poudres. Il fit mine alors de se tuer, et prit un couteau qu'on lui arracha.

Il avait perdu la tête, et ne pouvait donner d'ordre. Quand les gardes françaises eurent mis leurs canons[8] en batterie, et tiré (selon quelques-uns), le capitaine des Suisses vit bien qu'il fallait traiter ; il écrivit, il passa un billet où il demandait à sortir avec les honneurs de la guerre. — Refusé. — Puis, la vie sauve. — Hulin et Élie[9] promirent.

La difficulté était de faire exécuter la promesse. Empêcher une vengeance entassée depuis des siècles, irritée par tant de meurtres que venait de faire la Bastille, qui pouvait cela ?... Une autorité qui datait d'une heure, qui venait de la Grève[10] à peine, qui n'était même connue que des deux petites bandes de l'avant-garde, n'était pas suffisante pour contenir cent mille hommes qui suivaient.

La foule était enragée, aveugle, ivre de son danger même. Elle ne tua cependant qu'un seul homme dans la place, elle

---

8. *Canons :* les gardes françaises viennent de se ranger du côté du peuple, et offrent le renfort de leurs canons.

9. *Hulin et Élie :* les porte-parole du peuple à la tête des colonnes d'attaque.

10. *Grève :* place de l'Hôtel de Ville ; le comité permanent des électeurs, réuni à l'Hôtel de Ville, informé des événements, essaie, mais en vain, d'obtenir par des moyens pacifiques la reddition de la forteresse.

épargna ses ennemis les Suisses qu'à leurs sarraus[11] elle prenait pour des domestiques ou des prisonniers ; elle blessa, maltraita ses amis les invalides. Elle aurait voulu pouvoir exterminer la Bastille ; elle brisa à coups de pierres les deux esclaves du cadran ; elle monta aux tours pour insulter les canons ; plusieurs s'en prenaient aux pierres, et s'ensanglantaient les mains à les arracher.

Jules Michelet, *Histoire de la Révolution française*, « La prise de la Bastille », livre I, ch. VII (1833).

Comprenons le texte

1. Que représente Versailles ? Que représente Paris ? Comparez terme à terme les deux premiers paragraphes. Étudiez dans tout le texte les effets d'opposition et de contraste.

2. Dans les lignes 9 à 14, comment Michelet présente-t-il la naissance du mouvement ?

3. Quel est l'effet voulu, dans les lignes 15 à 16, par l'opposition entre « cela était impossible » et « et cela se fit » ? Justifiez la brièveté de cette conclusion.

4. En quoi le projet de prendre la Bastille peut-il paraître irréalisable (l. 17 à 30) ?

Qu'est-ce qui distingue le peuple des politiciens (« parleurs du Palais-Royal » ou « électeurs qui siégeaient à l'Hôtel de Ville ») ? Quels principes assurent le succès de l'entreprise populaire ?

5. Comment le peuple se donne-t-il les moyens de prendre la Bastille ? (Appuyez-vous sur les lignes 52 à 81.)

6. Par quelles expressions Michelet impose-t-il l'idée qu'il règne une unanimité dans les décisions du peuple, et dans ses réactions ? Quelle force prête-t-il au mouvement populaire ?

7. Quel jugement Michelet porte-t-il sur l'événement ? Expliquez les lignes 13-14, 31-32, 52-53, 94-95.

Comment juge-t-il le comportement des Suisses (l. 89 à 106), et le comportement de Monsieur de Launay (l. 106 à 122) ?

8. A quel moments, sur quels incidents, s'exprime une division parmi les défenseurs de la Bastille ?

9. Quels engagements les chefs populaires Hulin et Élie s'efforcent-ils de faire respecter ? Peuvent-ils être entendus ? (Cf. l. 121 jusqu'à la fin.)

---

11. *Sarraus* : blouses que les soldats suisses portaient sur leur uniforme.

10. Montrez le caractère émouvant des réactions de la foule dans le dernier paragraphe. Quelle est la valeur du conditionnel : « Elle aurait voulu pouvoir » ?

11. Qu'est-ce qu'une épopée ? Dans quelle mesure peut-on dire que Michelet adopte dans ces pages un ton épique ?

Comparons

1. Sur un même événement, les historiens peuvent porter des regards assez différents.

Dans le texte que vous venez de lire, la prise de la Bastille prend sous la plume de Michelet un caractère exemplaire et symbolique de la force populaire, et il ne dissimule pas son enthousiasme pour cette action.

Confrontez avec le récit de la même journée par Georges Lefebvre, historien plus moderne, qui a publié en 1939 son étude sur la Révolution française :

Aucune décision n'était en vue lorsque deux détachements de gardes françaises quittèrent l'Hôtel de Ville ainsi qu'un certain nombre de bourgeois de la milice, sous la conduite de Hulin, ancien sous-officier, et pénétrèrent dans les cours de la Bastille, amenant cinq canons. Élie, lieutenant du régiment de la Reine, vint se joindre à eux. Sous le feu, on mit trois pièces en batterie devant la porte de la forteresse. Cette intervention fut décisive : de Launay offrit de capituler, avec menace de mettre le feu aux poudres si l'on ne traitait. Élie accepta, mais la foule protesta : Bas les ponts ! Point de capitulation ! Malgré les représentations de Louis de Flue, de Launay, au comble du désarroi, fit baisser le pont-levis.

La foule se rua dans la forteresse. On réussit à sauver la plus grande partie de la garnison, mais trois officiers de l'état-major et trois invalides furent massacrés. De Launay put être amené, au prix de grands efforts, jusqu'aux portes de l'Hôtel de Ville ; là, une poussée rompit l'escorte et il fut mis à mort. Peu après, Flesselles[1] fut tué d'un coup de pistolet. Les têtes coupées furent promenées par la ville, au bout des piques.

Georges Lefebvre, *1789*, Éditions sociales.

---

1. *Flesselles :* prévôt des marchands de Paris.

Dans les différents manuels scolaires qui peuvent être mis à votre disposition, regardez comment est exposée la journée du 14 juillet 1789.

2. De cette journée du 14 juillet, voici enfin le récit d'un contemporain et d'un témoin. Imprimeur, écrivain, philosophe, poète à la vie hasardeuse et tourmentée, Restif de La Bretonne est né en 1734, mort à Paris en 1806. Fasciné par Paris, promeneur et observateur infatigable, il a enregistré dans *les Nuits de Paris* toutes ses impressions de « hibou spectateur » comme il se désignait lui-même.

Malgré des notations précises, qui paraissent souvent très scrupuleuses sur les dates, les noms, les lieux, les chiffres..., il n'est pas question de considérer *les Nuits de Paris* comme une œuvre d'historien ; il s'agit d'un journal intime, d'une vision personnelle des choses, d'une transposition littéraire. Il n'en demeure pas moins que cette œuvre, avec d'autres qualités d'écriture et de pensée, reste aussi comme un précieux document sur la vie à Paris dans les dernières années du XVIIIe siècle.

Le 14 juillet (1789).

Je m'étais levé tard, pour acheter les *Tableaux de la Vie*[1] que j'envoyais à Neuwied. Je sors vers les trois heures et demie, la tête encore embarrassée, et je m'avance comme un homme ivre, du côté du pont Notre-Dame. Le grand jour, occasionné par le dégagement, commençait à m'éveiller ; je respirais librement, lorsque j'aperçois devant moi une foule tumultueuse. Je n'en fus pas surpris. Je m'avance et... ô spectacle d'horreur ! ce sont deux têtes que je vois au bout d'une pique ! Effrayé, je m'informe. « C'est, me dit un boucher, les têtes de Flesselles[2] et de Delaunai[3]. » A ces mots, je frissonne. Je vois un nuage de maux s'élever sur la capitale infortunée des Français. [...]

Je m'avance : mille voix servent d'organes à la renommée... « La Bastille est prise ! » Je n'en crus rien, et j'avançai pour en aller voir le siège. Au milieu de la Grève[4], je trouve un corps tronqué de sa tête, étendu au milieu du ruisseau, et qu'environnaient cinq à six indifférents. Je questionne. C'est le gouverneur de la Bastille...

---

1. Titre d'une autre œuvre de Restif de La Bretonne.
2. Prévôt des marchands.
3. Gouverneur de la Bastille.
4. Place de l'Hôtel de Ville, au bord de la Seine.

Quelles réflexions !... Cet homme qui, naguère, ne répondait au désespoir des malheureux, ensevelis tout vivants sous sa garde par d'exécrables ministres, le voilà !... J'avançai, sans m'informer davantage : mon âme éprouvait trop de sensations ; elle n'aurait pu, dans mon émotion orageuse, entendre des détails. [...]

Plus loin, je rencontre les morts des assiégeants, portés sur un brancard : j'en vis cinq en tout, y compris deux blessés. Derrière eux étaient les invalides et les Suisses prisonniers. De jeunes et jolies bouches — j'en frémis encore ! — criaient : « Pendez ! pendez ! » sur ces infortunés. [...]

J'allais pour voir commencer le siège de la Bastille, et déjà tout était fini[5] ; la place était prise. Des forcenés jetaient les papiers, des papiers précieux pour l'Histoire, du haut des tours dans les fossés. Un génie destructeur planait au-dessus de la ville. Je la vois, cette Bastille redoutée, sur laquelle, en allant chaque soir dans la rue Neuve-Saint-Gilles, trois années auparavant, je n'osais jeter les yeux ; je la vis tomber, avec son dernier gouverneur.

O quelles réflexions ! J'en étais suffoqué, et à peine je pouvais démêler ma pensée... Je m'en revins. Un sentiment de joie, de voir cet horrible épouvantail prêt à tomber, se mêlait aux sentiments d'horreur dont j'étais rempli.

Nicolas Restif de La Bretonne, *les Nuits de Paris*, 384e nuit.
Éd. Hachette, 1960.

Réfléchissons

1. Quelles indications données par Restif de La Bretonne recoupent exactement celles de Michelet et Lefebvre, et peuvent être retenues comme un reflet assez authentique des événements de la journée du 14 juillet 1789 ?

2. Repérez dans le récit de chaque épisode « historique » la part donnée par l'écrivain à ses réactions personnelles.

---

5. L'attaque a eu lieu vers cinq heures de l'après-midi.

3. En comparant le récit vivant et spontané de Restif de La Bretonne, contemporain de la Révolution, avec le travail des historiens (Michelet, Lefebvre, ou les auteurs de vos manuels scolaires), interrogez-vous sur ce qui peut faire la limite, mais aussi la richesse, d'un témoignage. Réfléchissez au poids de la subjectivité.

4. De quels matériaux dispose l'historien ? Quelles sont ses méthodes ? Peut-il atteindre à l'objectivité ?

5. D'après ces quelques notes prises par Restif de La Bretonne au cœur des événements de la Révolution, pouvez-vous déduire quels sont ses sentiments politiques ? Quelles satisfactions, quelles craintes aussi exprime-t-il ?

6. Chez Michelet, comme chez Restif de La Bretonne, relevez, à propos de la prise de la Bastille, des réflexions que vous pourrez rapprocher des commentaires que fait Victor Hugo au sujet de la Tourgue, autre symbole de l'ancien régime (cf. p. 95).

Honoré de Balzac

LE PIÈGE DE LA VIVETIÈRE

Il est intéressant de confronter les Chouans, *roman de jeunesse de Balzac (1799-1850) paru en 1829, avec le roman que Victor Hugo a écrit sur les mêmes événements à la fin de sa vie ; on a vu que, pour Victor Hugo,* Quatrevingt-treize *est l'occasion d'un grand débat d'idées sur le sens de la Révolution ; pour Balzac, la chouannerie sert de trame historique à un roman d'aventures mouvementé, dans lequel s'entremêlent histoire d'amour et intrigue policière ; on y trouve déjà les grands traits de l'art balzacien : analyse subtile de la psychologie des personnages, évocation forte d'une époque troublée, et peinture minutieuse des classes sociales.*

L'action des Chouans *se situe en 1799, à la fin du Directoire. Dans les provinces de l'Ouest, la chouannerie s'est ranimée sous la conduite d'un jeune émigré, le marquis de Montauran. Pour le capturer, Fouché, ministre de la Police, envoie vers lui une belle aventurière, Marie de Verneuil : elle a pour mission de découvrir le marquis, de le séduire, et de le livrer ; elle voyage en Bretagne escortée de soldats et d'officiers républicains.*

Dans une auberge d'Alençon, Marie de Verneuil rencontre par hasard le marquis de Montauran qui se fait passer pour un élève de l'École polytechnique allant rejoindre son corps ; il est accompagné d'une femme, légèrement plus âgée que lui, madame du Gua, et qu'il présente comme sa mère. Le comportement du jeune homme éveille les soupçons du commandant de l'escorte républicaine, mais mademoiselle de Verneuil, séduite par ses manières élégantes et courtoises, intervient en sa faveur, et empêche qu'on l'arrête. Une idylle s'ébauche, on reprend le voyage ensemble ; mademoiselle de Verneuil propose sa voiture et la protection des soldats bleus aux deux chouans déguisés.

A quelques lieues de Fougères, Montauran suggère une halte au château de la Vivetière, qu'il dit appartenir à sa « mère », afin de permettre à tous de se reposer. Les bleus pénètrent dans ce domaine avec beaucoup de réticence ; les officiers sont invités au château, ainsi que mademoiselle de Verneuil et sa servante Francine ; les soldats préparent, dans le parc et les dépendances, leur campement pour la nuit.

Le jeune chef chouan donne sa parole à mademoiselle de Verneuil qu'elle-même et son escorte bleue sont parfaitement en sécurité, sous sa protection ; mais il ignore les menées de madame du Gua : animée par son fanatisme politique, et sa jalousie à l'égard de Marie, elle intrigue à l'insu de son compagnon ; le parc est infesté de chouans dissimulés dans les bosquets, et qui n'attendent qu'un signe d'elle pour exterminer les bleus attirés dans cette souricière.

Sept ou huit personnes, attirées par le bruit de la voiture, se montrèrent en haut du principal perron et s'écrièrent : — C'est le Gars[1] ! c'est lui, le voici ! A ces exclamations, d'autres hommes accoururent, et leur présence interrompit la conversation des deux amants[2]. Le marquis de Montauran s'avança précipitamment vers les gentilshommes, leur fit un signe impératif pour leur imposer silence, et leur indiqua le haut de l'avenue par laquelle débouchaient les soldats républicains. A l'aspect de ces uniformes bleus à revers rouges si connus, et de ces baïonnettes luisantes, les conspirateurs étonnés s'écrièrent : — Seriez-vous donc venu pour nous trahir ?

— Je ne vous avertirais pas du danger, répondit le marquis en souriant avec amertume. Ces Bleus, reprit-il après une

1. *Le Gars :* nom de guerre du chef des chouans, le marquis de Montauran.

2. *Deux amants :* le marquis de Montauran et Marie de Verneuil.

pause, forment l'escorte de cette jeune dame[3] dont la générosité nous a miraculeusement délivrés d'un péril auquel nous avons failli succomber dans une auberge d'Alençon. Nous vous conterons cette aventure. Mademoiselle et son escorte sont ici sur ma parole, et doivent être reçus en amis.

Madame du Gua et Francine[4] étaient arrivées jusqu'au perron, le marquis présenta galamment la main à mademoiselle de Verneuil, le groupe de gentilshommes se partagea en deux haies pour les laisser passer, et tous essayèrent d'apercevoir les traits de l'inconnue ; car madame du Gua avait déjà rendu leur curiosité plus vive en leur faisant quelques signes à la dérobée. Mademoiselle de Verneuil vit dans la première salle une grande table parfaitement servie, et préparée pour une vingtaine de convives. Cette salle à manger communiquait à un vaste salon où l'assemblée se trouva bientôt réunie. Ces deux pièces étaient en harmonie avec le spectacle de destruction qu'offraient les dehors du château. Les boiseries de noyer poli, mais de formes rudes et grossières, saillantes, mal travaillées, étaient disjointes et semblaient près de tomber. Leur couleur sombre ajoutait encore à la tristesse de ces salles sans glaces ni rideaux, où quelques meubles séculaires et en ruine s'harmonisaient avec cet ensemble de débris. Marie aperçut des cartes géographiques, et des plans déroulés sur une grande table ; puis, dans les angles de l'appartement, des armes et des carabines amoncelées. Tout témoignait d'une conférence importante entre les chefs des Vendéens et ceux des Chouans. Le marquis conduisit mademoiselle de Verneuil à un immense fauteuil vermoulu qui se trouvait auprès de la cheminée, et Francine vint se placer derrière sa maîtresse en s'appuyant sur le dossier de ce meuble antique.

— Vous me permettrez bien de faire un moment le maître de maison, dit le marquis en quittant les deux étrangères pour se mêler aux groupes formés par ses hôtes.

Francine vit tous les chefs, sur quelques mots de Montauran, s'empressant de cacher leurs armes, les cartes et tout ce qui pouvait éveiller les soupçons des officiers républicains ; quelques-uns quittèrent de larges ceintures de peau contenant des pistolets et des couteaux de chasse. Le marquis recommanda la plus grande discrétion, et sortit en s'excusant sur la

3. *Jeune dame :* mademoiselle de Verneuil.

4. *Francine :* la servante de mademoiselle de Verneuil.

P. Guérin, Henri de la Rochejaquelein,
Musée de Cholet.

nécessité de pourvoir à la réception des hôtes gênants que le hasard lui donnait. Mademoiselle de Verneuil, qui avait levé ses pieds vers le feu en s'occupant à les chauffer, laissa partir Montauran sans retourner la tête, et trompa l'attente des assistants, qui tous désiraient la voir. Francine fut donc seule témoin du changement que produisit dans l'assemblée le départ du jeune chef. Les gentilshommes se groupèrent autour de la dame inconnue[5], et, pendant la sourde conversation qu'elle tint avec eux, il n'y en eut pas un qui ne regardât à plusieurs reprises les deux étrangères.

— Vous connaissez Montauran, leur disait-elle, il s'est amouraché en un moment de cette fille, et vous comprenez bien que, dans ma bouche, les meilleurs avis lui ont été suspects. Les amis que nous avons à Paris, messieurs de Valois et d'Esgrignon d'Alençon, tous l'ont prévenu du piège qu'on veut lui tendre en lui jetant à la tête une créature[6], et il se coiffe[7] de la première qu'il rencontre ; d'une fille qui, suivant des renseignements que j'ai fait prendre, s'empare d'un grand nom pour le souiller, qui, etc., etc. [...]

Marie se leva, se tourna vers le groupe insolent, y jeta quelques regards pleins de dignité, de mépris même. Sa beauté, l'élégance de ses manières et sa fierté, changèrent tout à coup les dispositions de ses ennemis et lui valurent un murmure flatteur qui leur échappa. Deux ou trois hommes, dont l'extérieur trahissait les habitudes de politesse et de galanterie qui s'acquièrent dans la sphère élevée des cours, s'approchèrent de Marie avec bonne grâce ; sa décence[8] leur imposa le respect, aucun d'eux n'osa lui adresser la parole, et loin d'être accusée par eux, ce fut elle qui sembla les juger. [...]

A mesure que les deux officiers républicains analysaient les physionomies de leurs hôtes, les soupçons qu'ils avaient conçus d'abord renaissaient. Le vêtement ecclésiastique de l'abbé Gudin[9] et la bizarrerie des costumes chouans éveillèrent leur prudence ; ils redoublèrent alors d'attention et découvrirent de plaisants contrastes entre les manières des convives

5. *Dame inconnue* : madame du Gua, prétendue « mère » du jeune homme, et dont l'identité reste énigmatique pour Francine et Marie.
6. *Créature* : dans un sens péjoratif, fille de mauvaise vie.
7. *Se coiffe* : s'entiche, s'amourache.
8. *Décence* : son maintien digne et honnête.
9. *L'abbé Gudin* : un prêtre qui attise le fanatisme des chouans en leur promettant la résurrection s'ils meurent pour Dieu et pour le roi.

et leurs discours. Autant le républicanisme manifesté par quelques-uns d'entre eux était exagéré, autant les façons de quelques autres étaient aristocratiques. Certains coups d'œil surpris entre le marquis et ses hôtes, certains mots à double sens imprudemment prononcés, mais surtout la ceinture de barbe dont le cou de quelques convives était garni et qu'ils cachaient assez mal dans leurs cravates, finirent pas apprendre aux deux officiers une vérité qui les frappa en même temps. Ils se révélèrent leurs communes pensées par un même regard, car madame du Gua les avait habilement séparés et ils en étaient réduits au langage de leurs yeux. Leur situation commandait d'agir avec adresse, ils ne savaient s'ils étaient les maîtres du château, ou s'ils y avaient été attirés dans une embûche[10] ; si mademoiselle de Verneuil était la dupe ou la complice de cette inexplicable aventure.

Tous les messieurs réunis à la Vivetière sont bien des gentilshommes engagés avec le Gars dans la cause royaliste ; le repas se déroule dans un très grand malaise, jusqu'à ce qu'éclate le drame : un convive, survenu en retard, jette des regards surpris sur l'assistance ; on le fait taire par gestes et par regards quand il se montre étonné de rencontrer là des officiers républicains ; mais quand il reconnaît mademoiselle de Verneuil, il ne peut se retenir de manifester son mépris ; il glisse dans l'oreille de son voisin des propos sur Marie de Verneuil, propos qui, de bouche à oreille, arrivent jusqu'au marquis de Montauran ; celui-ci, convaincu enfin après plusieurs avertissements de ses partisans qu'il a affaire à une dangereuse créature, à une espionne venue pour le perdre, manifeste toute sa fureur, et jure de se venger. Les deux officiers républicains, le capitaine Merle et l'adjudant-major Gérard, réagissent aussi vivement. Les hostilités sont ouvertes.

Le mépris général pour mademoiselle de Verneuil, peint sur toutes les figures, mit le comble à l'indignation des deux Républicains, qui se levèrent brusquement.

— Que désirez-vous, citoyens ? demanda madame du Gua.

— Nos épées, *citoyenne*, répondit ironiquement Gérard.

— Vous n'en avez pas besoin à table, dit le marquis froidement.

10. *Embûche :* piège.

— Non, mais nous allons jouer à un jeu que vous connaissez, répondit Gérard en reparaissant. Nous nous verrons ici d'un peu plus près qu'à la Pèlerine[11].

L'assemblée resta stupéfaite. En ce moment une décharge faite avec un ensemble terrible pour les oreilles des deux officiers, retentit dans la cour. Les deux officiers s'élancèrent sur le perron ; là, ils virent une centaine de Chouans qui ajustaient quelques soldats survivant à leur première décharge, et qui tiraient sur eux comme sur des lièvres. Ces Bretons sortaient de la rive où Marche-à-terre[12] les avait postés au péril de leur vie ; car, dans cette évolution et après les derniers coups de fusil, on entendit, à travers les cris des mourants, quelques Chouans tombant dans les eaux, où ils roulèrent comme des pierres dans un gouffre. Pille-miche[13] visait Gérard, Marche-à-terre tenait Merle en respect.

— Capitaine, dit froidement le marquis à Merle en lui répétant les paroles que le Républicain avait dites de lui, *voyez-vous, les hommes sont comme les nèfles, ils mûrissent sur la paille*[14]. Et, par un geste de main, il montra l'escorte entière des Bleus couchée sur la litière ensanglantée, où les Chouans achevaient les vivants, et dépouillaient les morts avec une incroyable célérité[15]. — J'avais bien raison de vous dire que vos soldats n'iraient pas jusqu'à la Pèlerine, ajouta le marquis. Je crois aussi que votre tête sera pleine de plomb avant la mienne, qu'en dites-vous ?

Montauran éprouvait un horrible besoin de satisfaire sa rage. Son ironie envers le vaincu, la férocité, la perfidie même de cette exécution militaire faite sans son ordre et qu'il avouait[16] alors, répondaient aux vœux secrets de son cœur.

---

11. *La Pèlerine :* allusion à un accrochage qui a eu lieu entre blancs et bleus sur la colline de la Pèlerine ; dans le combat, les républicains ont aperçu un jeune chef royaliste qui masquait avec précaution son visage ; ils ont maintenant tout lieu de soupçonner qu'il s'agissait alors du marquis de Montauran.
12. *Marche-à-terre :* un chouan redoutable, homme de confiance de madame du Gua.
13. *Pille-miche :* nom de guerre d'un autre paysan.
14. *Ils mûrissent sur la paille :* ironie du marquis destinée à souligner le changement de situation ; il reprend les propres termes que Merle avait prononcés dans une conversation précédente à propos des revers de fortune des aristocrates ; c'était alors une image ; maintenant l'expression reflète une situation concrète : les bleus agonisent sur la paille de leur litière.
15. *Célérité :* rapidité.
16. *Avouait :* le marquis n'a jamais ordonné l'exécution des bleus, et pourtant il couvre maintenant cette action, il affecte d'approuver cette trahison.

Dans sa fureur, il aurait voulu anéantir la France. Les Bleus égorgés, les deux officiers vivants, tous innocents du crime dont il demandait vengeance, étaient entre ses mains comme les cartes que dévore un joueur au désespoir.

— J'aime mieux périr ainsi que de triompher comme vous, dit Gérard. Puis, en voyant ses soldats nus et sanglants, il s'écria : — Les avoir assassinés lâchement, froidement !

— Comme le fut Louis XVI, monsieur, répondit vivement le marquis.

— Monsieur, répliqua Gérard avec hauteur, il existe dans le procès d'un roi des mystères que vous ne comprendrez jamais.

— Accuser le roi ! s'écria le marquis hors de lui.

— Combattre la France ! répondit Gérard d'un ton de mépris.

— Niaiserie, dit le marquis.

— Parricide ! reprit le Républicain.

— Régicide !

— Eh ! bien, vas-tu prendre le moment de ta mort pour te disputer ? s'écria gaiement Merle.

— C'est vrai, dit froidement Gérard en se retournant vers le marquis. Monsieur, si votre intention est de nous donner la mort, reprit-il, faites-nous au moins la grâce de nous fusiller sur-le-champ.

— Te voilà bien ! reprit le capitaine, toujours pressé d'en finir. Mais, mon ami, quand on va loin et qu'on ne pourra pas déjeuner le lendemain, on soupe[17].

Gérard s'élança fièrement et sans mot dire vers la muraille ; Pille-miche l'ajusta en regardant le marquis immobile, prit le silence de son chef pour un ordre, et l'adjudant-major tomba comme un arbre. Marche-à-terre courut partager cette nouvelle dépouille avec Pille-miche. Comme deux corbeaux affamés, ils eurent un débat et grognèrent sur le cadavre encore chaud.

H. de Balzac, *les Chouans*, 1829.

---

17. *On soupe :* Merle continue de plaisanter ; il sait qu'il va mourir, mais il veut le faire avec panache.

Comprenons le texte

1. Quels détails, dans l'aspect de l'habitation, peuvent éveiller les soupçons de mademoiselle de Verneuil et des officiers républicains ?

Montrez le caractère insolite de l'accueil qui leur est réservé.

2. Dans les lignes 55 à 82 quelles sont les armes de mademoiselle de Verneuil pour imposer le respect aux chefs chouans ? Indiquez les moments de cette lutte silencieuse.

3. Dans les lignes 83 à 103, relevez les indices qui suscitent la méfiance des officiers républicains ; quel parti prennent-ils ?

4. Comment s'exprime la rage de Montauran ? De quel « crime » demande-t-il vengeance ? Pourquoi couvre-t-il une action qu'il n'a pas ordonnée, et qui le fait manquer à la parole donnée ?

5. En étudiant à travers tout le passage l'ambiguïté des personnages, les soupçons des uns et des autres, les renversements de situation, montrez que *les Chouans* est un roman d'aventures.

Lectures et exposés

Lisez *les Chouans* de Balzac, et répartissez-vous des exposés sur les thèmes suivants :

— roman historique,
— roman d'aventures,
— intrigue policière,
— roman sentimental,
— document sur la chouannerie,
— document sur la société du Directoire,
— comparaison avec le roman de Victor Hugo, *Quatrevingt-treize.*

Les idées de Balzac en 1829 et celles de Hugo en 1873 sont-elles les mêmes à propos de la Révolution, des républicains, des chouans ? Balzac prend-il parti ? Avez-vous l'impression qu'il défend une thèse ?

Jules Barbey d'Aurevilly

LE CHATEAU DE TOUFFEDELYS

Né en 1808, mort en 1889, Barbey d'Aurevilly est issu de la noblesse normande ; catholique, royaliste, nostalgique du passé, il évoque souvent dans son œuvre les traditions et les superstitions de la Vendée, et cultive le souvenir de la chouannerie.

On peut lire l'Ensorcelée *(1854),* le Chevalier Des Touches *(1864),* Un prêtre marié *(1865),* les Diaboliques *(1874).*

L'action du Chevalier Des Touches *se situe à Valognes, en Normandie, dans les dernières années du règne de Charles X (1824-1830). Un soir de tempête, l'abbé de Percy fait une bouleversante rencontre : un mystérieux personnage l'aborde, et dans ce personnage qui semble malade et fou, il est convaincu de reconnaître le célèbre chevalier Des Touches, héros de la chouannerie, que tout le monde croyait mort. Quand l'abbé relate cette rencontre à ses amis, c'est l'occasion, pour ces vieillards tournés vers le passé, d'évoquer encore une fois les souvenirs des années lointaines de la Révolution.*

La narratrice, mademoiselle de Percy, sœur de l'abbé, fait revivre l'époque où les jeunes femmes nobles de la région étaient réfugiées dans le château de ses amies, mesdemoiselles de Touffedelys, et participaient à leur manière à la révolte chouanne.

« Êtes-vous allé quelquefois à Touffedelys, monsieur de Fierdrap[1] ?... Vos domaines, à vous, n'étaient pas de ce côté, et de ce pauvre château ruiné, il ne reste pas maintenant une seule pierre ! C'était un assez vaste manoir, autrefois crénelé, un débris de construction féodale, qui pouvait abriter une troupe nombreuse entre ses quatre tourelles, et dont les environs étaient couverts de ces grands bois, le vrai nid de

1. *Monsieur de Fierdrap* : gentilhomme normand, il avait émigré en Angleterre pendant la Révolution.

toutes les Chouanneries ! qui rappelaient, par leur noirceur et les dédales[2] de leurs clairières, ce fameux bois de Misdom où le premier des Chouans, un Condé de broussailles[3], Jean Cottereau[4], avait toute sa vie combattu. Situé à peu de distance d'une côte solitaire, presque inabordable à cause des récifs, le château de Touffedelys semblait avoir été placé là, comme avec la main, en prévision de ces guerres de partisans à moitié éteintes et que nous essayions de rallumer[5] ! [...] Afin de désorienter le soupçon, le château, qui n'avait plus que deux châtelaines, bien peu inquiétantes, à ce qu'il semblait, pour la République, était le refuge de quelques femmes de la contrée dont les pères, les maris, les frères avaient émigré, et qui, n'ayant voulu ou pu les suivre, évitaient, en vivant à la campagne, au milieu des paysans chez lesquels un vieux respect pour leurs familles existait encore, ce qu'elles n'eussent pas évité dans les villes : le gouffre toujours béant des maisons d'arrêt.

Elles y vivaient le plus obscurément qu'elles pouvaient, cherchant à se faire oublier des représentants du peuple en mission, ces épouvantables inquisiteurs[6], mais cherchant à renouer les mailles du réseau, si souvent brisé, d'une insurrection à laquelle l'ensemble a trop manqué toujours. Ces femmes, dont voici quatre échantillons, monsieur de Fierdrap... »

Et, des ciseaux qu'elle tenait, Mlle de Percy indiqua les deux Touffedelys, Mlle Aimée, et enfin elle-même, en retournant la pointe de ses ciseaux vers les redoutables timbales[7] de son corsage.

« Ces femmes étaient dans tout l'éclat de leur fraîcheur de Normandes et dans toute la romanesque ferveur des sentiments de leur jeunesse ; mais dressées au courage par les événements mortels de chaque jour, perpétuellement à quel-

---

2. *Dédales :* labyrinthes ; ici : chemins secrets d'un bois très épais qui offrent des cachettes et favorisent les menées clandestines
3. *Condé de broussailles :* chef paysan, aussi valeureux à ses yeux que le « grand Condé », chef de la Fronde des seigneurs contre le jeune Louis XIV.
4. *Jean Cottereau :* un des plus grands chefs de la chouannerie, plus connu sous son nom de guerre, « Jean Chouan ».
5. *Rallumer :* en dépit des échecs des armées royalistes (1794-1795), la chouannerie ne désarme pas ; en Normandie, elle est animée par le jeune noble Frotté, dans les années 1795-1799 : c'est l'époque à laquelle se situe l'action du roman.
6. *Inquisiteurs :* juges du tribunal ecclésiastique au XVIe siècle ; ici : policiers, espions.
7. *Timbales de son corsage :* la poitrine imposante de mademoiselle de Percy.

ques pieds de leurs têtes, et brûlant de ce Royalisme qui n'existe plus, même dans vous autres hommes qui avez pourtant si longtemps combattu et souffert pour la royauté, elles ne ressemblaient pas à ce qu'avaient été leurs mères au même âge et à ce que sont leurs filles ou leurs petites-filles aujourd'hui ! La vie du temps, les transes[8], le danger pour tout ce qu'elles aimaient avaient étendu une frémissante couche de bronze autour de leurs cœurs... Vous voyez bien Sainte de Touffedelys dans sa bergère, qui ne traverserait pas aujourd'hui la place des Capucins, à minuit, pour un empire, et sans se sentir la mort dans les veines... eh bien ! Sainte de Touffedelys — n'est-ce pas, Sainte ? — venait seule avec moi, la nuit par les plus mauvais temps d'orage, porter sur cette côte isolée et dangereuse des dépêches au chevalier Des Touches, déguisé en pêcheur de congres[9], et qui, dans un canot fait de trois planches, sans aucune voile et sans gouvernail, se risquait, pour le service du Roi, de la côte de France à la côte d'Angleterre, à travers cette Manche toujours grosse de quelque naufrage... aussi froidement que s'il se fût agi d'avaler un simple verre d'eau ! [...]

Car, vous vous en souvenez, Sainte ? C'était réellement à peine un canot que cette pirogue de sauvage qu'il avait construite et dans laquelle il filait, en coupant le flot comme un brochet, caché dans l'entre-deux des vagues et défiant ainsi toutes les lunettes de capitaines qui surveillaient la Manche et l'espionnaient, de chaque pointe de vague ou de falaise, dans ce temps-là ! Vous rappelez-vous, Sainte, qu'un soir de brume qu'il allait partir, vous voulûtes, en riant, descendre dans cette frêle pirogue, et que, vous si légère alors, poids de fleur ou d'oiseau, vous manquâtes de la faire chavirer, ma bergeronnette[10] ? Et pourtant, c'était dans une pareille coquille de noix qu'il passait, par les plus exécrables temps, d'une côte à l'autre, toujours prêt à revenir ou à partir quand il le fallait, — toujours à l'heure, exact comme un roi, le roi des mers ! Certes ! parmi ses compagnons d'armes, il y avait des cœurs qui auraient aussi bien que lui tenté l'aventure, qui n'avaient pas plus peur que lui de laisser leurs cadavres aux crabes, et pour qui la manière de mourir était indifférente

8. *Transes* : angoisses.
9. *Congres* : anguilles de mer.
10. *Bergeronnette* : terme d'amitié ; mademoiselle de Percy évoque par ce nom d'oiseau la légèreté et la fragilité de son amie en ce temps-là.

quand il s'agissait du Roi et de la France ; mais, tout en l'imitant, nul d'entre eux n'eût cru réussir et n'eût certainement réussi !... Pour cela, il fallait être un homme à part, plus qu'un marin ! plus qu'un pilote ! Il fallait enfin être ce qu'il était, cet étonnant jeune homme que la guerre civile avait pris, n'ayant vu la mer que de loin, et n'ayant jamais fait autre chose que de tirer des mouettes autour de la gentilhommière de son père ! [...]

Il aurait dû, en effet, vingt fois être pris ou succomber dans ces terribles passages ! Ce bonheur insolent et constant, cette imprudence si souvent recommencée et d'un résultat toujours assuré, donnaient à Des Touches une importance considérable parmi les autres officiers de la Chouannerie du Cotentin. On sentait que s'il périssait, on ne le remplacerait pas ! D'ailleurs, il n'était pas qu'un courrier[11] infatigable et intrépide, qui savait son détroit de mer comme certains guides pyrénéens savent leurs montagnes. Partout, dans le hallier[12], dans l'embuscade, au combat lorsqu'il fallait jouer de la carabine ou s'estafiler[13] corps à corps avec le couteau, c'était un des Chouans les plus redoutables, l'effroi des Bleus, qu'il étonnait toujours, en les épouvantant, quand, dans une affaire, il déployait tout à coup, à travers ses formes sveltes et élégantes, la force terrassante du taureau ! *C'est la guêpe !* disaient-ils, les Bleus, en reconnaissant dans la fumée des rencontres cette taille fine et cambrée, comme celle d'une femme en corset : — *Tirez à la guêpe !* Mais la guêpe s'envolait toujours, ivre du sang qu'elle avait versé ; car *elle* avait une vaillance acharnée et féroce. [...] Il était Chouan, mais il ne semblait pas de la même nature que les autres Chouans. Tout en se battant avec eux, tout en jouant sa vie à pile ou face pour eux, il ne semblait pas partager les sentiments qui les animaient. Peut-être chouannait-il pour chouanner, lui, et était-ce tout ?... Ces compagnons, ces guérillas, ces gentilshommes n'avaient pas uniquement Dieu et le Roi dans leur cœur. A côté du Royalisme qui y palpitait, il y avait d'autres sentiments, d'autres passions, d'autres enthousiasmes. La jeunesse ne sonnait pas vainement, en eux, son heure brûlante. Comme les chevaliers leurs ancêtres, ils avaient tous ou presque tous

11. *Courrier* : messager.
12. *Hallier* : buisson touffu.
13. *S'estafiler* : se faire mutuellement des coupures, des estafilades.

une *dame de leurs pensées* dont l'image les accompagnait au combat, et c'est ainsi que le roman[14] allait son train à travers l'Histoire ! Mais le chevalier Des Touches ! Je n'ai jamais revu dans ma vie un tel caractère. A Touffedelys, où nous avons tant brodé de mouchoirs avec nos cheveux pour ces messieurs qui nous faisaient la galanterie de nous les demander, et qui les emportaient comme des talismans[15] dans leurs expéditions nocturnes, je ne crois pas qu'il y en ait eu un seul de brodé pour lui. Qu'en pensez-vous, Ursule ?... Toutes les recluses[16] de cette espèce de couvent de guerre l'intéressaient fort peu, quoiqu'elles fussent la plupart fort dignes d'être aimées, même par des héros ! Nous pouvons bien le dire aujourd'hui que nous voilà vieilles. »

Jules Barbey d'Aurevilly, *le Chevalier Des Touches*, 1864.

Comprenons le texte

I. La noblesse vendéenne

1. Comment se présente le château qui a appartenu aux demoiselles de Touffedelys ? Qu'est-ce qui fait de ce château une place idéale pour les actions de chouannerie ?

2. Comment s'est constituée cette communauté de jeunes femmes ? Comparez leur apparence d'autrefois et celle d'aujourd'hui (l. 15 à 70) ; quels sont leurs sentiments, leurs opinions, quelles actions mènent-elles ? (Appuyez-vous aussi sur les dernières lignes du chapitre.)

3. Les jeunes gens et les jeunes filles de la noblesse locale étaient-ils préparés à des destins aussi mouvementés ?

---

14. *Le roman* : les intrigues sentimentales.
15. *Talismans* : objets qui protègent et portent bonheur.
16. *Recluses* : personnes qui vivent à l'écart du monde.

II. Portrait du chevalier Des Touches

1. Justifiez son surnom de « la guêpe » ; par quelles expressions est souligné le contraste entre son apparence légère et la redoutable efficacité de ses interventions ?

2. Quelle impression d'ensemble se dégage du personnage ?

3. Qu'est-ce qui fait de ce chevalier un être à part parmi les autres partisans ?

4. Que signifie l'expression : « Peut-être chouannait-il pour chouanner » ?

III. Le style

1. Étudiez attentivement le style de la narration de mademoiselle de Percy.

2. Relevez les expressions qui indiquent qu'elle évoque des souvenirs personnels ; quel est l'intérêt de ses interruptions, de ses apostrophes aux auditeurs ? Soulignez les marques de sa passion pour son sujet.

3. Notez, à travers ses expressions, la rudesse et l'audace de la narratrice.

4. Quelles sont aussi, dans son style, les marques d'une certaine nostalgie par rapport à ces événements et à cette époque ?

André Chénier

COMME UN DERNIER RAYON

Au début de la Révolution, André Chénier (1762-1794) s'enthousiasme pour les idées nouvelles qui satisfont ses aspirations généreuses ; mais les excès des Jacobins l'amènent bientôt à se ranger aux côtés des modérés dans le club des Feuillants ; arrêté en mars 1794, il fait partie des fournées massives de condamnés exécutés à la suite de la « conspiration des prisons[1] *».*

Ce n'est qu'en 1819 qu'ont été publiées pour la première fois les œuvres de Chénier. « André Chénier, en montant à l'échafaud, savait seul qu'un grand poète allait mourir », a écrit Leconte de Lisle en 1840. Chateaubriand fut l'un des premiers à reconnaître son talent et à sentir dans ses accents cette « mélancolie » qui ne porte pas encore le nom de « romantisme ». Victor Hugo a vu en lui un précurseur et un maître.

Les premières œuvres portent encore la marque du XVIIIe siècle (les Élégies*) ou reflètent l'influence des poètes latins et grecs (les* Bucoliques*) ; dans* Iambes*, Chénier se montre beaucoup plus personnel, et révèle un vrai talent satirique ; le désespoir et l'amertume donnent alors à son inspiration une sincérité ardente.*

Comme un dernier rayon, comme un dernier zéphyre[2]
    Animent la fin d'un beau jour,
Au pied de l'échafaud j'essaye encor ma lyre[3].
    Peut-être est-ce bientôt mon tour.
Peut-être avant que l'heure en cercle promenée
    Ait posé sur l'émail brillant[4],

1. *Conspiration des prisons :* à la suite de l'exécution de Danton, de deux tentatives d'assassinat sur Robespierre et de rumeurs diverses, on eut, dans les prisons, le sentiment que le régime allait chanceler. L'agitation qui s'ensuivit parmi les prisonniers, considérée comme « conspiration », fut aussitôt réprimée, et le rythme des exécutions s'accéléra.
2. *Zéphyr(e) :* vent léger et agréable.
3. *Lyre :* la lyre du poète ; Chénier s'apprête à faire encore des vers.
4. *L'émail brillant :* du cadran.

Dans les soixante pas[5] où sa route est bornée,
Son pied sonore et vigilant ;
Le sommeil du tombeau pressera ma paupière.
Avant que de ses deux moitiés
Ce vers que je commence ait atteint la dernière,
Peut-être en ces murs effrayés[6]
Le messager de mort, noir recruteur des ombres[7],
Escorté d'infâmes soldats,
Ébranlant de mon nom ces longs corridors sombres,
Où seul dans la foule à grands pas
J'erre, aiguisant ces dards[8] persécuteurs du crime[9],
Du juste trop faibles soutiens,
Sur mes lèvres soudain va suspendre la rime ;
Et chargeant mes bras de liens,
Me traîner, amassant en foule à mon passage
Mes tristes compagnons reclus[10],
Qui me connaissaient tous avant l'affreux message,
Mais qui ne me connaissent plus.
Eh bien ! j'ai trop vécu. Quelle franchise auguste,
De mâle constance et d'honneur
Quels exemples sacrés, doux à l'âme du juste,
Pour lui quelle ombre de bonheur,
Quelle Thémis[11] terrible aux têtes criminelles,
Quels pleurs d'une noble pitié,
Des antiques bienfaits quels souvenirs fidèles,
Quels beaux échanges d'amitié,
Font digne de regrets l'habitacle des hommes ?
La peur fugitive[12] est leur Dieu ;
La bassesse ; la feinte. Ah ! lâches que nous sommes
Tous, oui, tous. Adieu, terre, adieu.
Vienne, vienne la mort ! — Que la mort me délivre !
Ainsi donc mon cœur abattu

5. *Les soixante pas :* les soixante minutes de l'heure.
6. *Murs effrayés :* effet poétique du transfert d'adjectif ; c'est le poète qui est effrayé.
7. *Noir recruteur des ombres :* le commissaire chargé de faire l'appel des condamnés est transformé par l'imagination du poète en sombre divinité infernale.
8. *Dards :* les mots, les idées que Chénier va utiliser comme armes.
9. *Persécuteurs du crime :* qui poursuivent le crime sans relâche.
10. *Reclus :* enfermés.
11. *Thémis :* déesse de la justice.
12. *Peur fugitive :* qui fait fuir.

Cède au poids de ses maux ? Non, non. Puissé-je vivre !
Ma vie importe à la vertu.
Car l'honnête homme enfin, victime de l'outrage,
Dans les cachots, près du cercueil,
Relève plus altier[13] son front et son langage,
Brillants d'un généreux orgueil.
S'il est écrit aux cieux que jamais une épée
N'étincellera dans mes mains ;
Dans l'encre et l'amertume une autre arme trempée
Peut encor servir les humains.
Justice, Vérité, si ma main, si ma bouche,
Si mes pensers les plus secrets
Ne froncèrent jamais votre sourcil farouche,
Et si les infâmes progrès,
Si la risée atroce, ou, plus atroce injure,
L'encens[14] de hideux scélérats[15]
Ont pénétré vos cœurs d'une longue blessure ;
Sauvez-moi. Conservez un bras
Qui lance votre foudre, un amant qui vous venge.
Mourir sans vider mon carquois[16] !
Sans percer, sans fouler, sans pétrir dans leur fange
Ces bourreaux barbouilleurs de lois !
Ces vers cadavéreux de la France asservie,
Égorgée ! O mon cher trésor,
O ma plume ! fiel[17], bile, horreur, Dieux de ma vie !
Par vous seuls je respire encor :
Comme la poix brûlante agitée en ses veines[18]
Ressuscite un flambeau mourant,
Je souffre ; mais je vis. Par vous, loin de mes peines,
D'espérance un vaste torrent
Me transporte. Sans vous, comme un poison livide,[19]
L'invisible dent du chagrin,
Mes amis opprimés, du menteur homicide

---

13. *Altier :* fier, arrogant.
14. *L'encens :* les flatteries.
15. *Hideux scélérats :* les révolutionnaires qui exaltent la Justice et la Vérité, sans les pratiquer.
16. *Carquois :* étui qui contient les flèches.
17. *Fiel :* amertume, haine.
18. *Veines :* le flambeau est assimilé à un être vivant.
19. *Livide :* qui rend livide.

Ch. L. L. Müller, L'appel des dernières victimes de la terreur, *(détail), Musée de Versailles.*

Les succès, le sceptre d'airain[20] ;
Des bons[21] proscrits par lui la mort ou la ruine,
L'opprobre[22] de subir sa loi,
Tout eût tari ma vie ; ou contre ma poitrine
Dirigé mon poignard. Mais quoi !
Nul ne resterait donc pour attendrir l'histoire
Sur tant de justes massacrés ?
Pour consoler leurs fils, leurs veuves, leur mémoire,
Pour que des brigands abhorrés[23]
Frémissent aux portraits noirs de leur ressemblance,
Pour descendre jusqu'aux enfers
Nouer le triple fouet, le fouet de la vengeance
Déjà levé sur ces pervers ?
Pour cracher sur leurs noms, pour chanter leur supplice ?
Allons, étouffe tes clameurs ;
Souffre, ô cœur gros de haine, affamé de justice.
Toi, Vertu, pleure si je meurs.

André Chénier, *Iambes*, IX.

Comprenons le texte

1. Indiquez les différents mouvements du texte.

2. Par quelles images, évoquant la rupture, le poète rend-il plus poignante l'idée de sa mort prochaine (v. 1 à 24) ?

3. Par quels sentiments l'angoisse qui le saisit est-elle renforcée ?

4. Dans les vers 12 à 24, montrez le caractère tragique du tableau, étudiez le vocabulaire, les images, les sonorités.

5. Distinguez les différents moments de la délibération intérieure du poète (v. 25 à 88). Résumez les mouvements qui agitent l'auteur.

6. Pourquoi Chénier appelle-t-il la mort ? Que reproche -t-il à ses compagnons d'infortune ? Par quels procédés s'exprime l'amère ironie du poète (v. 25 à 37) ?

---

20. *Sceptre d'airain :* le pouvoir tyrannique, qui s'impose par la violence.
21. *Bons :* adjectif pris comme nom.
22. *L'opprobre :* la honte.
23. *Abhorrés :* haïs, détestés.

7. Montrez que le condamné retrouve une raison de vivre. Quelle cause veut-il défendre ? Quels sont les principes qui l'animent (v. 38 à 88).

8. Étudiez la violence des termes et des images qui évoquent ceux qu'il va combattre.

9. Par quelles constructions oratoires, par quels procédés donne-t-il un mouvement à la phrase, de la force à l'expression de ses convictions ?

10. Quelle conception du rôle du poète se dégage de l'ensemble du poème ? Peut-on parler de poésie engagée ?

Réfléchissons

1. André Chénier exprime dans ce texte des sentiments personnels : angoisse, solitude, refus d'une mort injuste ; mais, en même temps, il affirme que le poète a un devoir à accomplir, qu'il doit mettre sa plume au service d'une idée, agir par la puissance du verbe (le mot « poète » signifie d'ailleurs en grec « celui qui agit »).

Connaissez-vous d'autres poètes qui ont combattu avec les mots, cherché à communiquer leurs convictions à travers leurs œuvres ?

2. Précisez le sens des termes : poésie épique, lyrique, satirique. Quelles conceptions différentes de la poésie représentent-ils ?

Comparons

Recherchez le texte très célèbre de Victor Hugo publié dans *les Rayons et les Ombres* (1839) sur la fonction du poète :

« Peuples ! écoutez le poète !
Écoutez le rêveur sacré ! [...] »

Quelle est, d'après lui, la mission du poète parmi les humains ? Quels rapprochements pouvez-vous faire avec le texte d'André Chénier ?

Documentons-nous

Faites des recherches sur les victimes de la Terreur, leur nombre, leur appartenance sociale ; ne limitez pas votre enquête aux aristocrates ; des bourgeois, des artisans, des domestiques, des hommes de loi, des cultivateurs, etc., sont aussi montés à l'échafaud.

Voici, par exemple, les notes prises par un bourgeois de Paris, Célestin Guittard, qui a tenu son journal de 1791 à 1796, mêlant ses soucis quotidiens aux grandes nouvelles de la capitale.

Juin 1794

Samedi 14

Ther. 25 degrés. Vent Sud-Ouest ; le temps s'est couvert et le vent s'est élevé ; il n'a pas plu. On a cru qu'on aurait de l'orage mais il en aura fait au loin.

Mr. la Motte m'est venu voir.

Mde Sellier a dîné avec moi.

On a tranché la tête aujourd'hui samedi 14 :

à 26 Présidens et Conseillers du ci-devant Parlement de Toulouse,

à 4 Présidens et Conseillers du ci-devant Parlement de Paris,

et à 8 autres conspirateurs. Total = 38,

à la barrière du Trône, faubourg St-Antoine.

Mardi 17

Ther. 20. Vent Nord-Est ; il s'est refroidi ; temps beau et très sec.

Mde Sellier a dîné avec moi.

On a tranché la tête aujourd'hui mardi 17 à 61 personnes.

Il n'y en a pas encore autant eu qu'aujourd'hui.

Il y en a 54 à qui on avait mis des chemises ou manteaux rouges, de laine, pour faire voir qu'ils étaient du nombre[1] des deux qui ont voulu assassiner Robespierre et Collot d'Herbois.

Raymond Aubert, *Journal d'un bourgeois de Paris sous la Révolution*,
Éditions France-Empire, 1974.

---

1. *Du nombre* : du parti, compromis dans le complot.

Anatole France

« L'AMOUR PEINTRE »

Fils d'un libraire bibliophile du quai Malaquais, à Paris, nourri de culture classique, Anatole France (1844-1924) porte sur la vie un regard de philosophe ironique.

On retient de son œuvre abondante : le Crime de Sylvestre Bonnard *(1881),* le Livre de mon ami *(1885),* la Rôtisserie de la Reine Pédauque *(1893),* le Lys rouge *(1894),* l'Ile des Pingouins *(1908),* les Dieux ont soif *(1912).*

Le jeune artiste Évariste Gamelin est un jacobin convaincu, membre très actif de la section du Pont-Neuf ; il vit très pauvrement car son art se vend mal. Ses convictions politiques l'amènent, sur le plan esthétique, à militer en faveur des nouvelles formes de l'art : disciple et admirateur de David, il rejette violemment le goût décadent de l'ancien régime, par exemple, les tableaux légers à la manière de Watteau ou de Fragonard.

Convaincu d'avoir trouvé une idée « révolutionnaire » qui va lui permettre de mieux vivre, tout en satisfaisant son idéal politique, il se rend chez son marchand de tableaux pour lui soumettre son projet. Il n'aime pas beaucoup Jean Blaise, ce commerçant trop habile en affaires, et peu scrupuleux sur le plan idéologique, mais il est très épris de sa fille.

Du plus loin qu'il put l'apercevoir, Évariste leva ses regards vers une des fenêtres qui s'ouvraient au-dessus du magasin, celle de gauche, où il y avait un pot d'œillets rouges derrière le balcon de fer à coquille. Cette fenêtre éclairait la chambre d'Élodie, fille de Jean Blaise. Le marchand d'estampes habitait avec son unique enfant le premier étage de la maison.

Évariste, s'étant arrêté un moment, comme pour prendre haleine devant l'*Amour peintre*, tourna le bec-de-cane. Il trouva la citoyenne Élodie qui, ayant vendu des gravures, deux compositions de Fragonard fils et de Naigeon, soigneusement choisies entre beaucoup d'autres, avant d'enfermer dans la caisse les assignats[1] qu'elle venait de recevoir, les passait l'un après l'autre entre ses beaux yeux et le jour, pour en examiner les pontuseaux, les vergeures[2] et le filigrane[3], inquiète, car il circulait autant de faux papier que de vrai, ce qui nuisait beaucoup au commerce. [...]

Évariste la regarda de cet air sombre qui mieux que tous les sourires exprime l'amour. Elle le regarda avec une moue un peu moqueuse qui retroussait ses yeux noirs, et cette expression lui venait de ce qu'elle se savait aimée et qu'elle n'était pas fâchée de l'être et de ce que cette figure-là irrite un amoureux, l'excite à se plaindre, l'induit à se déclarer s'il ne l'a pas encore fait, ce qui était le cas d'Évariste.

Ayant mis les assignats dans la caisse, elle tira de sa corbeille à ouvrage une écharpe blanche, qu'elle avait commencé de broder, et se mit à travailler. [...]

Les petites mains brunes faisaient courir l'aiguille à travers le linon[4].

« Trouvez-vous ce dessin à votre goût, monsieur Gamelin ? »

Gamelin était incapable de feindre. Et l'amour, en enflammant son courage, exaltait sa franchise.

« Vous brodez avec habileté, citoyenne, mais, si vous voulez que je vous le dise, le dessin qui vous a été tracé n'est pas assez simple, assez nu, et se ressent du goût affecté qui régna trop

F. Boucher, Amours faisant combattre des oiseaux, *Musée Cognacq-Jay, Paris.*

1. *Assignats* : papier-monnaie dont la valeur était garantie par les biens nationaux.
2. *Pontuseaux, vergeures* : filets verticaux et horizontaux du papier.
3. *Filigrane* : empreintes dans la trame du papier.
4. *Linon* : tissu très fin.

longtemps en France dans l'art de décorer les étoffes, les meubles, les lambris[5] ; ces nœuds, ces guirlandes rappellent le style petit et mesquin qui fut en faveur sous le tyran. Le goût renaît. Hélas ! nous revenons de loin. Du temps de l'infâme Louis XV, la décoration avait quelque chose de chinois. On faisait des commodes à gros ventre, à poignées contournées d'un aspect ridicule, qui ne sont bonnes qu'à être mises au feu pour chauffer les patriotes ; la simplicité seule est belle. Il faut revenir à l'antique. David dessine des lits et des fauteuils d'après les vases étrusques et les peintures d'Herculanum[6].

— J'ai vu de ces lits et de ces fauteuils, dit Élodie, c'est beau ! Bientôt on n'en voudra pas d'autres. Comme vous, j'adore l'antique.

— Eh bien ! citoyenne, reprit Évariste, si vous aviez orné cette écharpe d'une grecque[7], de feuilles de lierre, de serpents ou de flèches entrecroisées, elle eût été digne d'une Spartiate[8]... et de vous. Vous pouvez cependant garder ce modèle en le simplifiant, en le ramenant à la ligne droite. »

Elle lui demanda ce qu'il fallait ôter.

Il se pencha sur l'écharpe : ses joues effleurèrent les boucles d'Élodie. Leurs mains se rencontraient sur le linon, leurs souffles se mêlaient. Évariste goûtait en ce moment une joie infinie ; mais, sentant près de ses lèvres les lèvres d'Élodie, il craignait d'avoir offensé la jeune fille et se retira brusquement.

La citoyenne Blaise aimait Évariste Gamelin. Elle le trouvait superbe avec ses grands yeux ardents, son beau visage ovale, sa pâleur, ses abondants cheveux noirs, partagés sur le front et tombant à flots sur ses épaules, son maintien grave, son air froid, son abord sévère, sa parole ferme, qui ne flattait point. Et, comme elle l'aimait, elle lui prêtait un fier[9] génie d'artiste qui éclaterait un jour en chefs-d'œuvre et rendrait son nom célèbre, et elle l'en aimait davantage. [...]

« Citoyen Évariste, dit-elle, cette écharpe ne me plaira qu'autant qu'elle vous plaira à vous-même. Dessinez-moi un

---

5. *Lambris :* revêtement de menuiserie sur les parois intérieures d'une pièce.
6. Les fouilles récentes des cités antiques d'Herculanum et Pompéi ont contribué à l'évolution du goût dans les dernières années du XVIIIe siècle.
7. *Une grecque :* ornement en forme de bande, composé de lignes brisées à angles droits.
8. *Spartiate :* l'éducation spartiate était un modèle de rigueur.
9. *Fier :* fort, vigoureux.

A. Watteau, l'Enseigne de Gersaint, *Palais de Charlottenburg, Berlin.*

modèle, je vous prie. En l'attendant, je déferai comme Pénélope[10] ce qui a été fait en votre absence. »

Il répondit avec un sombre enthousiasme :

« Je m'y engage, citoyenne. Je vous dessinerai le glaive d'Harmodius[11] : une épée dans une guirlande. »

Et, tirant son crayon, il esquissa des épées et des fleurs dans ce style sobre et nu, qu'il aimait. Et, en même temps, il exposait ses doctrines.

« Les Français régénérés, disait-il, doivent répudier tous les legs de la servitude[12] : le mauvais goût, la mauvaise forme, le mauvais dessin. Watteau, Boucher, Fragonard travaillaient pour des tyrans et pour des esclaves. Dans leurs ouvrages, nul sentiment du bon style ni de la ligne pure ; nulle part la nature ni la vérité. Des masques, des poupées, des chiffons, des

10. *Pénélope :* épouse d'Ulysse, symbole de la patience et de la fidélité.
11. *Harmodius :* citoyen athénien (fin du VIe siècle av. J.-C.), symbole de la lutte contre la tyrannie.
12. *Les legs de la servitude :* se libérer de tous les esclavages imposés par l'Ancien Régime, y compris dans le domaine artistique.

L. David, le Serment des Horaces, *Collection Ulysse Moussalli.*

singeries. La postérité méprisera leurs frivoles ouvrages. Dans cent ans, tous les tableaux de Watteau auront péri méprisés dans les greniers. » [...]

Il parla longtemps de la beauté antique, puis revint à Fragonard, qu'il poursuivait d'une haine inextinguible[13]. [...]

Élodie fixa sur lui le regard de ses yeux gais et voluptueux : « Vous savez haïr, monsieur Gamelin, faut-il croire que vous savez aussi ai...

— C'est vous, Gamelin ? » fit une voix de ténor, la voix du citoyen Blaise qui rentrait dans son magasin, bottes craquantes, breloques sonnantes, basques envolées, et coiffé d'un énorme chapeau noir dont les cornes lui descendaient sur les épaules.

Élodie, emportant sa corbeille, monta dans sa chambre.

« Eh bien, Gamelin ! demanda le citoyen Blaise, m'apportez-vous quelque chose de neuf ?

— Peut-être », dit le peintre.

13. *Haine inextinguible :* que rien ne peut apaiser.

Et il exposa son idée :

« Nos cartes à jouer offrent un contraste choquant avec l'état des mœurs. Les noms de valet et de roi offensent les oreilles d'un patriote. J'ai conçu et exécuté le nouveau jeu de cartes révolutionnaire dans lequel aux rois, aux dames, aux valets sont substituées les Libertés, les Égalités, les Fraternités ; les as, entourés de faisceaux[14], s'appellent les Lois... Vous annoncez Liberté de trèfle, Égalité de pique, Fraternité de carreau, Loi de cœur... Je crois ces cartes assez fièrement dessinées ; j'ai l'intention de les faire graver en taille-douce par Desmahis[15], et de prendre un brevet. »

Et, tirant de son carton quelques figures terminées à l'aquarelle, l'artiste les tendit au marchand d'estampes.

Le citoyen Blaise refusa de les prendre et détourna la tête.

« Mon petit, portez cela à la Convention, qui vous accordera les honneurs de la séance. Mais n'espérez pas tirer un sol[16] de votre nouvelle invention, qui n'est pas nouvelle. Vous vous êtes levé trop tard. Votre jeu de cartes révolutionnaire est le troisième qu'on m'apporte. Votre camarade Dugoure m'a offert, la semaine dernière, un jeu de piquet avec quatre Génies, quatre Libertés, quatre Égalités. On m'a proposé un autre jeu où il y avait des sages, des braves, Caton, Rousseau, Annibal, qui sais-je encore !... Et ces cartes avaient sur les vôtres, mon ami, l'avantage d'être grossièrement dessinées et gravées sur bois au canif. Que vous connaissez peu les hommes pour croire que les joueurs se serviront de cartes dessinées dans le goût de David et gravées dans la manière de Bartolozzi[17] ! Et c'est encore une étrange illusion de croire qu'il faille faire tant de façons pour conformer les vieux jeux de cartes aux idées actuelles. D'eux-mêmes, les bons sans-culottes[18] en corrigent l'incivisme[19] en annonçant : “Le tyran !” ou

14. *Faisceaux* : motifs représentant des verges assemblées ; c'était, dans l'Antiquité, le symbole de l'autorité.
15. *Desmahis* : l'associé d'Évariste serait chargé de graver les motifs au burin sur les plaques de cuivre.
16. *Sol* : sou.
17. *Bartolozzi* (1727-1815) : graveur réputé, né à Florence, a beaucoup travaillé à Venise, puis en Angleterre ; il a terminé sa carrière comme directeur de l'Académie royale de Lisbonne.
18. *Sans-culottes* : patriotes ardents.
19. *Incivisme* : manque de patriotisme.

simplement : “Le gros cochon !” Ils se servent de leurs cartes crasseuses et n’en achètent jamais d’autres. La grande consommation de jeux se fait dans les tripots du Palais-Égalité[20] : je vous conseille d’y aller et d’offrir aux croupiers[21] et aux pontes[22] vos Libertés, vos Égalités, vos..., comment dites-vous ?... vos Lois de cœur... et vous reviendrez me dire comment ils vous ont reçu ! »

Le citoyen Blaise s’assit sur le comptoir, donna des pichenettes sur sa culotte nankin[23] pour en ôter les grains de tabac, et, regardant Gamelin avec une douce pitié :

« Permettez-moi de vous donner un conseil, citoyen peintre : si vous voulez gagner votre vie, laissez là vos cartes patriotiques, laissez là vos symboles révolutionnaires, vos Hercules, vos hydres[24], vos Furies[25] poursuivant le crime, vos génies de la Liberté, et peignez-moi de jolies filles. L’ardeur des citoyens à se régénérer tiédit avec le temps et les hommes aimeront toujours les femmes. Faites-moi des femmes toutes roses, avec de petits pieds et de petites mains[26]. Et mettez-vous dans la tête que personne ne s’intéresse plus à la Révolution et qu’on ne veut plus en entendre parler. »

Du coup, Évariste Gamelin se cabra :

« Quoi ! ne plus entendre parler de la Révolution !... Mais l’établissement de la liberté, les victoires de nos armées, le châtiment des tyrans sont des événements qui étonneront la postérité la plus reculée ? Comment n’en pourrions-nous pas être frappés ?... Quoi ! la secte du sans-culotte Jésus a duré près de dix-huit siècles, et le culte de la Liberté serait aboli après quatre ans à peine d’existence ! »

Mais Jean Blaise, d’un air de supériorité :

« Vous êtes dans le rêve ; moi, je suis dans la vie. »

Anatole France, *les Dieux ont soif*, Éd. Calmann-Lévy, 1985.

---

20. *Les tripots du Palais-Égalité* : les cafés autour du Palais-Royal.
21. *Croupiers* : banquiers d’une table de jeu.
22. *Pontes* : ceux qui jouent contre le banquier dans les jeux de hasard.
23. *Nankin* : coton de couleur jaune, spécialité de la ville de Nankin, en Chine.
24. *Hydres* : serpents fabuleux, monstres.
25. *Furies* : allégories de la vengeance.
26. Portraits dans le goût des peintres tels que Watteau, Boucher, Fragonard, exécrés par Évariste.

Comprenons le texte

1. Quels sont les sentiments d'Évariste à l'égard d'Élodie ? Comment les exprime-t-il ? Quel jeu joue Élodie ?

2. Quel rôle joue la discussion sur l'art dans le badinage sentimental ? Quelle importance Évariste attache-t-il à ses doctrines ? Quelle importance ont-elles pour Élodie ?

Étudiez attentivement le décalage, en vous appuyant en particulier sur les passages l. 29 à 54 et l. 68 à 91.

3. Au nom de quels principes Évariste rejette-t-il l'art de l'ancien régime ? Relevez les oppositions qui expriment des jugements de valeur, tant sur le plan politique que sur le plan esthétique.

4. Quelle impression se dégage du personnage du « citoyen Blaise » (cf. l. 92 à 99 et 139 à 151) ?

5. Quelles sont les conceptions du marchand de tableaux en ce qui concerne le commerce, l'art, la politique... ? Montrez que Évariste et Blaise ne parlent le même langage dans aucun de ces domaines.

6. Avec quel ton Blaise donne-t-il une leçon à Évariste ? Étudiez la verve, les expressions ironiques, les effets comiques de son langage.

Enquêtons

1. Dans beaucoup de domaines, les révolutionnaires ont cherché à anéantir des pratiques héritées du passé, pour donner une coloration nouvelle aux actes de la vie quotidienne.

Renseignez-vous sur les prénoms mis à la mode, le calendrier révolutionnaire, les rues et les places débaptisées, les fêtes révolutionnaires, etc.

2. Dans le domaine artistique (mobilier, architecture, peinture, mode vestimentaire...), cherchez des documents qui illustrent le goût de l'antique. Cette mode ne s'est pas arrêtée avec la Révolution ; vous pouvez donc aussi prendre vos exemples dans la période de l'Empire.

3. Qui sont Watteau et Fragonard ? Connaissez-vous d'autres peintres de la même époque ? Recherchez des reproductions de leurs œuvres.

Alejo Carpentier

« AVEC LA LIBERTÉ, LA PREMIÈRE GUILLOTINE ARRIVAIT AU NOUVEAU MONDE »

Écrivain cubain, né d'un père breton et d'une mère russe, Alejo Carpentier (La Havane, 1904-Paris, 1980) devient, très jeune, journaliste ; engagé politiquement, il est mis en prison en 1927 par le dictateur Machado ; son ami Robert Desnos lui permet de quitter l'île et de rejoindre Paris où il fréquente les milieux littéraires : Artaud, Prévert, Queneau, Vitrac, Leiris.

Il écrit en langue espagnole une œuvre foisonnante, reflet de ses origines latino-américaines et dans laquelle il exprime en même temps son intérêt pour la richesse de toutes les cultures : le Royaume de ce monde *(1949),* le Partage des eaux *(1953),* le Concert baroque *(1974).*

Alejo Carpentier a vécu en France et au Venezuela ; il rentre à Cuba en 1959 à l'occasion de la révolution de Fidel Castro ; de 1966 à sa mort, il est conseiller de l'ambassade de Cuba à Paris.

Allégorie révolutionnaire,
Déclin et effondrement du système esclavagiste.

Le Siècle des lumières *(1962) a pour sujet l'irruption des idées de la Révolution française aux Caraïbes.*

L'action débute à La Havane où Victor Hugues, un Français négociant en farines à Port-au-Prince, débarque pour ses affaires. Lorsqu'arrive la nouvelle de la révolution en France, il décide de retourner dans son pays pour participer aux événements. Il est accompagné d'un jeune ami cubain, Esteban, que cette expérience attire.

Les deux amis se trouvent séparés ; tandis que le jeune Esteban s'ennuie dans des rôles subalternes de traducteur de la propagande révolutionnaire, et perd une grande partie de ses illusions politiques, Victor Hugues, au contraire, très lié aux Jacobins, ami de Robespierre, se voit chargé d'importantes responsabilités. Au début de l'année 1794, la Convention lui confie la mission de commander une escadre en direction de la Guadeloupe ; le but est de porter, de gré ou de force, les principes nouveaux de la République dans cette possession française de l'ancien régime.

Quels que soient les risques de l'expédition, Esteban est trop heureux d'accepter à bord la charge d'écrivain, car il y voit surtout l'occasion de se rapprocher du pays natal. Pendant la traversée, il est affecté par l'attitude distante de Hugues qui ne se départit jamais de son rôle officiel de commissaire de la République.

Une nuit enfin, vers la fin du voyage, quelque chose de leur ancienne amitié réussit à s'exprimer discrètement.

Trois autres jours s'écoulèrent. Toutes les fois que le pilote retardait le sablier[1], le soleil semblait plus chaud et la mer sentait davantage une mer qui commençait à parler à Esteban par tous ses effluves. Une nuit, pour respirer un peu, car la chaleur était de plus en plus forte dans les entreponts et dans les cales, le jeune homme monta sur le pont contempler

1. *Sablier :* durant la traversée d'est en ouest, le pilote règle l'heure sur le bateau en fonction du changement de longitude.

l'immensité du premier ciel complètement dégagé et net qu'il eût trouvé pendant la traversée. Une main se posa sur son épaule. Victor était derrière lui, débraillé, sans casaque, souriant de son sourire d'autrefois : « [...] Allons à ma cabine. » La première chose que l'on y voyait, entre des clous d'où pendaient le chapeau et la casaque de Hugues, c'était un grand portrait de l'Incorruptible[2], au pied duquel brûlait une lampe telle une lumière votive[3]. Le commissaire[4] mit une bouteille d'eau-de-vie sur la table et remplit deux verres. « A ta santé. » Puis il regarda Esteban d'un air un peu moqueur. Il s'excusa, d'une voix qui ne révélait que pure courtoisie, de ne pas l'avoir appelé depuis le départ de l'île d'Aix[5] : les soucis, les obligations, les devoirs, etc. ; et d'autre part la situation n'était pas très nette. On avait déjoué le blocus[6] anglais, certes, mais on ignorait à quoi la flotte devrait faire face quand elle arriverait là-bas[7]. L'objectif principal était de réaffirmer l'autorité de la république dans les colonies françaises d'Amérique et de lutter contre les tendances séparatistes par tous les moyens, en reconquérant s'il le fallait des territoires qui peut-être étaient actuellement perdus. De longs silences s'intercalaient dans son monologue, seulement interrompu par ce fameux *oui*, mi-grognement, mi-grommellement, qu'Esteban connaissait bien. [...]

On entendit sur le pont un bruit de bois que l'on traînait. Les charpentiers, profitant de ce que les intervalles entre les ballots avaient été dégagés, portaient des planches à la proue, suivis de marins chargés de grandes et longues caisses. L'une d'elles, quand elle fut ouverte, refléta la lueur de la lune sur une forme triangulaire, acérée, dont la vue fit frémir le jeune homme. Ces hommes, dont la silhouette se projetait sur la mer, semblaient accomplir un rite sanglant et mystérieux, avec cette bascule, ces montants, qui s'alignaient en bon ordre sur le

2. *L'Incorruptible* : Hugues porte une admiration sans bornes à Robespierre.
3. *Lumière votive* : allumée en signe de dévotion.
4. *Commissaire* : envoyé en mission de la République.
5. *L'île d'Aix* : en face de Rochefort.
6. *Blocus* : ports et côtes surveillés par la flotte anglaise, empêchant toute sortie de bateaux français.
7. *Là-bas* : depuis la Révolution, le contact a été en grande partie rompu entre la France et ses possessions lointaines ; on craint que l'Angleterre n'ait profité de ces troubles pour s'emparer des îles ; on sait aussi que les colons, propriétaires de terres et d'esclaves, sont généralement restés monarchistes et s'opposeront aux décrets de la République. (C'est exactement la situation que va trouver Hugues à la Guadeloupe.)

pont, selon un plan déterminé par le feuillet d'instructions que l'on consultait en silence à la lumière d'une lanterne. [...]

Des coups de marteau commencèrent à retentir, faisant planer de sinistres cadences sur l'immense quiétude de la mer où déjà apparaissaient quelques sargasses[8]... « Ainsi donc, ça *aussi* voyageait avec nous ! » s'écria Esteban. « Inévitablement », répondit Victor, rentrant dans sa cabine. « Ça, et l'imprimerie, voilà les deux choses les plus nécessaires que nous ayons à bord, en dehors des canons. » « On n'a rien sans peine », dit Esteban. « Ne me sors pas des proverbes espagnols », dit l'autre remplissant de nouveau les verres. Puis il regarda son interlocuteur avec une fixité calculée, et allant chercher un portefeuille en veau, l'ouvrit lentement. Il en tira une liasse de papiers timbrés et les jeta sur la table... « Oui : nous transportons aussi la machine. Mais sais-tu ce que je remettrai aux hommes du Nouveau Monde ? » Il fit une pause et ajouta, en appuyant sur chaque mot : « Le décret du 16 pluviôse an II par lequel est aboli l'esclavage. Dorénavant tous les hommes sans distinction de races, domiciliés dans nos colonies, sont déclarés citoyens français, avec une absolue égalité de droits. » Il se pencha sur le seuil de sa cabine, surveillant le travail des charpentiers. Et il poursuivait son monologue, tournant le dos à l'autre, bien sûr d'être écouté : « Pour la première fois une escadre s'avance vers l'Amérique sans arborer de croix. La flotte de Colomb en avait, peintes sur les voiles. Elles étaient le signe d'un esclavage qui serait imposé aux hommes du Nouveau Monde au nom d'un rédempteur qui était mort — diraient les aumôniers — pour sauver les hommes, consoler les pauvres, et confondre les riches. Nous (et se tournant brusquement il montra le décret), nous les sans croix, les sans rédempteurs, les sans Dieu, nous allons là-bas, sur des bateaux sans aumôniers, pour abolir les privilèges et établir l'égalité. Le frère d'Ogé est vengé[9]... » Esteban baissa la tête, honteux des critiques qu'il avait formulées avant, confusément, comme pour se soulager d'interminables doutes. Il mit la main sur le décret, palpant le papier

8. *Sargasses* : algues brunes, très abondantes dans cette partie de l'Atlantique (mer des Sargasses).

9. *Le frère d'Ogé est vengé* : allusion à un de leurs amis noirs, assassiné par les colons français, à Saint-Domingue.

scellé par des cachets épais : « De toute façon, dit-il, j'aurais préféré que cela fût obtenu sans que nous ayons à employer la guillotine. » « Cela dépendra des gens », rétorqua Victor : « Des autres et aussi des nôtres. Ne crois pas que j'aie confiance en tous ceux qui voyagent avec nous. Il faudra voir comment plus d'un se comporte, quand il sera à terre. » « Tu dis ça pour moi ? » demanda Esteban. « Pour toi, ou pour les autres. Je suis tenu, par métier, de ne me fier à personne. Certains discutent trop. D'autres raisonnent trop. » [...] « Tu me tiens pour suspect ? » demanda Esteban avec un sourire amer. « Suspect, tout le monde l'est », dit Victor. « Pourquoi n'étrennes-tu pas la machine, ce soir, sur ma personne ? » « Les charpentiers devraient trop se presser pour la monter : ce serait trop de besogne pour si piètre leçon. » Victor se mit à ôter sa chemise. « Va-t'en dormir. » Il lui tendit la main, de façon cordiale et franche, comme autrefois. En le regardant, le jeune homme fut surpris par la ressemblance qu'il y avait entre l'Incorruptible, tel qu'on le voyait sur le portrait de la cabine, et le présent visage un peu remodelé par une évidente imitation du port de tete, de la façon de fixer le regard, de l'expression, à la fois courtoise et implacable, de la peinture.

Alejo Carpentier, *le Siècle des lumières*, Éd. Gallimard, 1962.

Comprenons le texte

1. Quelle sont les impressions d'Esteban sur mer en approchant de l'autre continent ? Quelles sont les expressions qui indiquent qu'il se reconnaît chez lui ?

2. Le climat et le paysage ont-ils aussi une influence sur Victor Hugues ?

3. Étudiez chez le personnage de Victor Hugues l'alternance entre spontanéité et contrôle de soi. Comment exprime-t-il son affection pour Esteban ? Et comment manifeste-t-il aussi sa réserve ?

4. Étudiez par quels procédés stylistiques la guillotine est progressivement évoquée avant d'être nommée. Quelle est l'intention de l'auteur ? Quel est le sentiment d'Esteban ? Quelle impression produit la brève réponse de Hugues (l. 44 à 47) ?

5. Du point de vue de Hugues, quelle est sa mission essentielle dans le Nouveau Monde ? Par quels termes oppose-t-il sa propre expédition à celle de Christophe Colomb à la fin du XVe siècle ?

6. Quel ton et quelles attitudes affecte-t-il pour capter l'attention d'Esteban (l. 50 à 71) ?

7. Esteban est-il touché par la tirade du commissaire de la Convention ? Quels sont ses sentiments ? Avec quoi est-il d'accord ? Avec quoi ne l'est-il pas ?

8. Au nom de quels principes Victor Hugues justifie-t-il son attitude inexorable (l. 77 à 85) ?

9. Soulignez l'ironie des répliques échangées par les deux amis dans les lignes 78 à 88. Quelle est la part du jeu ? A quel moment cesse la plaisanterie ? Quand devine-t-on une menace voilée ?

10. Relevez à travers tout le passage les marques de l'admiration de Victor Hugues pour Robespierre.

Enquêtons

En quelle année a eu lieu le premier mouvement de révolte des Noirs à Saint-Domingue ?

Qui était Toussaint Louverture ? Quel fut son rôle ?

Sous quel nom, et à quelle date, l'île de Saint-Domingue est-elle devenue indépendante ?

Que dit précisément le décret du 16 Pluviôse An II ? Ses principes ont-ils été effectivement appliqués dans les colonies françaises ?

Quelle décision a prise Napoléon Bonaparte le 17 mai 1802 ?

Quelle a été l'œuvre de Victor Schoelcher au XIXe siècle ? Dans quelles conditions, à quelles dates, l'esclavage a-t-il été progressivement aboli dans les possessions françaises ?

Réfléchissons

En dépit des décrets d'abolition de l'esclavage, peut-on parler de nouvel esclavage pour les personnes les plus défavorisées dans tous les pays du monde : dans les anciennes colonies, comme dans les pays du tiers monde, ou pays en voie de développement, sans oublier la situation faite aux travailleurs immigrés clandestins dans les pays industrialisés ?

Argumentez votre débat avec des reportages présentés par les journaux ; utilisez aussi les revues telles que *le Courrier de l'Unesco*, ou *Différences* (éditée par le M.R.A.P.).

Fiches de lecture ou exposés

Victor Hugo : *Bug-Jargal*, Éd. Gallimard, collection Folio.
Harriet Beecher-Stowe : *la Case de l'oncle Tom*, collection Livre de poche.
Alex Haley : *Racines*, collection J'ai lu.
Joseph Zobel : *Rue case-nègres*, Éd. Présence africaine.
Maryse Condé : *Pays mêlé*, Éd. Hatier, collection Monde noir.
Alejo Carpentier : *le Royaume de ce monde*, Éd. Gallimard, collection Folio.
André Schwartz-Bart : *la Mulâtresse Solitude*, Éd. du Seuil, collection Points.
Betsy Haynes : *Une nièce de l'oncle Tom*, collection Livre de poche, Jeunesse.
Bertrand Solet : *les Révoltés de Saint-Domingue*, Éd. Gallimard, collection Folio.

Table des illustrations

Imprimerie de Montligeon - 61400 La Chapelle Montligeon
Dépôt légal janvier 1990 - Édit. 11560 - Impr. 14871